乌拉波拉故事集

OOLA-BOOLA'S WONDER BOOK

[德] 柏吉尔/著　顾均正/译

中国青年出版社

给成人的话

　　我们一向有许多奇异的童话供儿童阅读,这些童话全都愉快动人、富于想象,而且有些还蕴藏着一连串严肃的思想(尤其是对于成人)。因此不但儿童喜欢它们,就是唯物主义世界观不断增长的成年人,只要有时间对这种故事稍事沉思,也会喜欢它们。

　　然而若深入思考,我们却又不得不承认,这些童话对于20世纪的少年来说,已不再有任何现实的联系了,尤其是对于在城市度过儿童时期的少年。旧时的童话与我们少年时代的那种滑稽木偶戏，受到了同样的待遇。现在，这种木偶戏已经被毫无意趣而无法打动儿童心灵的动画片抛到垃圾堆里去了。

时代已经变了！尽管我们感到惋惜，但事实如此，也无法挽回了。20世纪的孩子，已经养成一种强烈的现实意识和一种迷恋工业产品的爱好，至少在大都市里的孩子是这样的。我们并不奇怪，他们宁愿玩机械火车，也不愿玩我们少年时代所欢喜的滑稽木偶；我们更不奇怪，他们对于那些穿插着近代科技和紧张冒险情节的故事，比对《小红帽》这样的童话更感兴趣。年纪较大的人重读这些童话，知道去欣赏故事中的象征意义，但是现代的孩子基于现实意识，却将其视为"荒谬"而抛在一旁。

我想到这些，便创作了下面的几个故事。你可以称它们为科学童话。但童话只是它们的形式，其精华却是包含在浅显的科学与技术两方面的事实及经验之中的。若孩子们愿意读这本书，那么我敢肯定，当他们翻完本书的最后一页时，一定会在学到许多科学技术知识的同时，也对非现实的世界产生浓厚兴趣。

目录

第一章　关于乌拉波拉博士　001

第二章　小水点　008

第三章　火柴和蜡烛　028

第四章　月球上的一天　043

第五章　世界的末日　071

第六章　鬼迷亨利　077

第七章　潜水员杜兰德　095

第八章　太阳请假的时候　127

第九章　风暴四弟兄　137

第十章　玻璃棺材　168

第十一章　金刚石和他的弟兄　175

第十二章　冰山　191

第十三章　老树　205

第十四章　奇异的世界　212

第十五章　别针　243

第十六章　被埋葬了的城市　258

第一章 关于乌拉波拉博士

亲爱的小朋友！在读乌拉波拉博士的故事之前，你应当知道这些故事是怎样写起来的，还有这位博士是个怎么样的人。

乌拉波拉不是他的真名。我和小伙伴们也不想知道他的真正完整名字，就算知道也早忘记了。我只知道他是个非常古怪的老头儿，古怪得恰似人家给他起的诨名。

在哈尔资山中，长着浓密杉树的斜坡上，矗立着古罗马的旧城哥斯拉。城里有古老的尖塔，有狭隘的街道，还有几百年前的老屋子。这座城在伦梅尔斯堡的坡麓。在这里深深的地底下，有许多矿工在使着鹤嘴锄辛勤工作。许多年以前，乌拉波拉博士就住在这儿。乌拉波拉博士的生活很孤独。他住的是一幢略显驼背的中世纪老屋子，像其他的老屋子一样，眨着迷糊了的老花眼（小窗子）正在惊奇地注视着现代。屋子的顶端有个小塔，完全是用石板（正是以前小朋友们练习写字的那种）盖起来的。在塔里，乌拉波拉安置了一架大望远镜，用来看月亮、看彗星。屋子里有两间简陋的小室，放着些破旧的家具、古怪的挂钟和各种零零碎碎的杂物，其中一间装满了书，简直没有下脚的地方；隔壁的一间更加杂乱了，可以说是一个真正的博物馆——动物标本、变成化石的鱼和蜗牛、骷髅和骨骼、各种蝴蝶和不常见的甲虫标本、地球仪和天球仪、电机和显微镜……几百种的仪器。此外，天知道还有些什么劳什子[①]！

---

① 劳什子（láo shí zi），对某种东西表示厌恶的称呼。——编者注

他的样子很古怪

乌拉波拉老先生终生住在这屋子里，像只地窟里的鼹鼠。他没有妻子，没有子女，只有一个戴着黑色大睡帽的老婆子——克莉丝蒂娜替他照顾一切；终年伴着乌拉波拉过活的就只有她一个，因为他是个吝啬的孤老头儿。

如果你问我，他的状貌生得怎样，我只能说……绝顶奇怪：他个子很高，足以碰到旧式屋子的低矮门框，几乎走不进去。他个子虽高，却又瘦得可怜，几乎像一枝芦苇。年龄已经在他的脸上刻出皱纹，他的头上披着钢灰色的头发，胡子倒是剃得很干净，脸色显得棕黑，好像是用久了的旧烟斗。但是在我们小朋友看来，奇中之奇、怪中之怪的，却是拖在这老头儿衣领上的一根小辫子。这小辫子小得实在不足以称其为辫子，只有老鼠尾巴一般粗细，辫梢上还打着一个黑色的蝴蝶结。我的父亲告诉我，从前所有人都是拖辫子的，其实我们也能从旧时的图画书中看到。那时我们的老乌拉波拉年纪已近70岁，虽然剪发的风尚流行起来，所有辫子都被时间先生的大剪刀剪掉，可是乌拉波拉却总是不愿割爱。因此他的外貌看起来真是滑稽之至！此外，他还架着一副巨大的玳瑁①眼镜，嵌着很大的圆玻璃片。当他苦思冥想而抬起眼皮的时候，配合他的眼镜和弯鼻子，活像一只猫头鹰，或者用当地人的土话来说——像一只"乌拉"。

这就是他的诨名的由来。而他的确是波拉博士，因此我们小朋友便叫他"乌拉波拉博士"，简单明了。

乌拉波拉博士常穿着一件长长的灰色直领上衣，无论冬夏，总拖着一双漂亮的毡呢鞋子。他总是坐在书籍和仪器旁边，从长烟斗里喷着蓝色的烟雾，对于外界的一切事情都漠不关心。

虽然他的样子很古怪，虽然有人在背后取笑他，可当他偶尔站在窗口眺望，或是在园子里修剪树木时，人们见到他却总是扬着帽子，向他深深地行礼。因为他是个博学的人，比远近所有人知道得都多，无论是教员、牧师、医生，还是地方官员。

这样说有一点夸张，因为那些大人啊、先生啊，还总是觉得自己比别人高明些的。不过乌拉波拉曾经写过

---

① 玳瑁（dài mào），爬行动物，外形像龟，其角质板可制眼镜框或装饰品。——编者注

许多高深的书，各国的著名教授都写信来请他指教。

你也许要问，乌拉波拉博士为什么要讲这些故事呢？

事情是这样的。乌拉波拉的屋子前是一片广场，广场上有一个喷水泉。这里便是我们小朋友最欢喜的聚会地点，我们老是在这里大吵大闹，就像是樱桃树上的一群麻雀。不用说，这对于老人来说是一件很讨厌的事情，因为妨碍了他的研究工作。由于禁止和申斥都没有什么效果，他便想到用别的方法来避免这种骚扰。在一个夏日的傍晚，我们正在喷泉旁边照常吵闹，他差他的老女仆来邀请我们到他屋子里去。经过了再三考虑，我们一群中最勇敢的几个小朋友，终于带着一种异样的感情和强烈的好奇心跑进了这个屋子。这屋子在从前可是对所有来客一律谢绝的。乌拉波拉对我们发表了一大篇讲话。他带着一种奇怪的声调粗声粗气地说……我们都是些顽皮孩子，要是从小不学好，将来都会变成坏蛋。他又说，如果我们答应他不再在喷泉旁边吵闹，不再向他的花园抛石子，那么他就在每个星期日的晚上给我们讲可爱的故事，请我们吃精美的点心，还会教我们从望远镜里去观测月亮、星星以及各种天象。

所谓《乌拉波拉故事集》，就是这样来的！起初，来听的人并不多，后来渐渐增加，再后来全体小朋友都来参加了。由于这些故事本身就很有趣，还送葡萄布丁，所以此后喷泉附近便寂静一片，现在谁也不愿意惹乌拉波拉生气了。啊！他真是个聪明的人！他的故事并不是普通的童话，其中没有女巫，也没有妖怪；不讲公主，也不讲被施了法术的青蛙王子……总之，凡是一切胡说八道的人物，这里全没有。通过这些故事，我们小朋友学到了不少东西，童话只是它的一种形式罢了。正如化学家把治病的苦药包上一层糖衣，使我们更容易吞咽。博学的乌拉波拉把自然界的奇闻逸事穿上一件童话的外衣也是此理。

我把凡是记得起的故事都写在这里了。如果你把它们通读一遍，那么你一定可以学到不少关于日月星辰、风雨云雪以及火山和海底等各方面的知识。

第二章 小水点

"小朋友们,"乌拉波拉博士说,"今天我要给你们讲一个小东西的故事,这小东西你们大家都知道,而且无论在喜欢或不喜欢的地方,你们都曾碰见过——它就是小水点。"

"但是,乌拉波拉,这故事会不会太短啦,像这么一个小水点,只要一、二、三!就干了,完了。"

"胡说八道!你们还真是'无所不知,无所不晓'！蠢孩子！"他笑着说，手里正拿着一块花花绿绿的大手帕擦他的玳瑁眼镜，"等一会儿我就开讲！要是谁等不耐烦，就请他出去。你们别看轻'这么'一个小水点，它比你们知道得要多，比你们有用得要多，并且也不像你们那样给老年人找麻烦。"

于是我们大家就赶快坐下来，喝着茶，大口地嚼着克莉丝蒂娜做的糕——她做的糕总是很好吃，满满地嵌着葡萄干。

"现在你们听好，"老乌拉波拉说，"在花园里的接骨木树下，坐着一位小姑娘，有一颗晶莹的泪珠正从她的脸上滚下来。她的母亲刚刚去世，这是她一生最悲伤的时候，因为世界上虽然有许许多多的人，可母亲却只有一个。小姑娘脸上的泪珠反射着七月可爱而暖和的阳光，闪烁着，像钻石一样。此时就是我们的小水点的生辰。

"但是，我们的小水点却毫不悲伤。这个小家伙觉得自己能够生存在世界上，是一件非常快乐的事情。他坐在那里，既柔和，又温暖，斜瞟着高居天空的以光热普照大地的太阳。'要是我能够跑到这盏明灯那边去，那才真够快乐呢。'小水点想。而实际上，他也真是因为思慕太阳而消瘦了，他的身体越变越小，到后来人类的肉眼都看不见他了。

"现在我猜你们一定在想：'故事完结了，因为我们早就料到，水点一消失，老乌拉波拉就不会再有什么话来讲了。'但是，你们想错了，小朋友，因为我这个故事才刚刚开头啊！你们不要以为这小水点看不见了就不复存在了。在这个世界里是没有一样东西会彻底消灭的。要是东西会消灭，真不知道我们要尴尬到何等地步！你们应该记住，任何东西都是不灭的，变化的只是形状。现在太阳的热已经把小水点变成了无数微细的、看不见的粒子，在清澄的空气中飘荡开去，慢慢地被风带走了。最后，这些水的微粒来到一处长着许多稀疏杉树的大草原上。地上的沙土被太阳晒得滚热，这热温暖了附近的空气，使它们上升，这就和屋子里的热空气向屋顶上升一样。气流被迫上升，同时挟着这些水的微粒越升越高，一直到蓝色的天空中。

"天空非常寒冷。热使水点中的各微粒膨胀，冷又使它们再次凝缩起来，于是这些微粒就同几万亿个同伴聚集变成了云。在下边的地面上，隐约露出几个小小的村庄，那小姑娘仰望着这像帆船一般的白云从天空中驶过，绝不会想到这云里飘浮着的微细水粒就是她眼里流下来的泪珠变成的。在我们现实生活中也常有这样的事情，一个多年的老朋友，因为年纪老了，头发白了，服饰不同了，即便见面也认不出来了。

"小水点在高高的云端，飘过了陆地和海洋。他再三想：'世界是多么广大，可是什么地方都有人住！'到了晚上，那片云一直飘到了南方，在地中海的上空，可以远远地望见意大利海岸的灯光。但是，在海面上还有更多的潮湿的空气在向云端升上来，于是那里的空气便容纳不下这么多水分，因为到了日落以后天气骤然变冷，那些微细的水粒已渐渐并成水珠，终于又成为水点。结果，空气就决定把它所负载的众多水点全都洒了下来。风吹过来，我们这个小水点，就跟着其他几百万个水点从云端落下，越落越快。他已经变成雨点了。

"在下边的海面上，滚动着暗绿色的波浪。一艘巨大的轮船，射出红的、绿的、白的光，正全速向前行进，螺旋桨搅起了一个水沫四溅的大漩涡。舵工站在他的岗位上向黑暗里探望着。在远处有一个明亮的灯光，忽明忽灭，那就是意大利那不勒斯港的灯塔。'我们早早应该到达港口，'舵工说，'现在却下起雨来了！'于是他诅咒这阵大雨和这个天气，没有一个海员乐意在值班的时候碰到大风大雨。

"滴答，我们这雨点突然觉得自己是在海里，他已经完成了从云端降落的旅行了。'好险啊！'他想，'我终于又回到坚实些的地方来了。在云端里身不由己地飘浮，实在是一件很危险的事情，因为你无法预料会降落在什么地方。现在我在自己所属的海洋里游泳，自然是安全得多了。'可惜事实与想象完全相反！他在海里还不到一分钟，就有艘轮船风驰电掣而来。你们得知道，大轮船里的引擎是个很贪心的怪物，它拼命地消费着煤和水，产生大量的蒸汽来转动螺旋桨，推着轮船前进。在船的一旁有一个抽水泵，当这个小水点溜过的时候，泵恰好用张大着的嘴吸水，以补充锅炉用水。

"小水点突然觉得自己被什么东西抓住，卷进一个剧烈的漩涡中，几秒钟他就已到了锅炉里。天哪！这是多么倒霉的事！在这个铁质的怪物里面，热得发昏。猛烈的火焰，冲过锅炉中的火管，把水变成蒸汽。小水点觉得有点疲乏；他被扭、摘、拉、扯，全身粉碎，终于又变成许多微细的粒子；他已经成为蒸汽，在无比大的压力下，被气喘喘地逼到一个狭小的管子里去。'我的性命恐怕难保了，'小水点（其实他不再是小水点了）想，'现在完了，这样的生活是没人能够过得下去的。我完蛋了！'突然，他望见了一个洞，那是通到蒸汽引擎的气缸里去的。蒸汽爆发出可怕的大力，冲了进去，由于方才在锅炉中受到了粗鲁的待遇，这时就迁怒于气缸里挡住去路的小活塞，一齐用蛮力来把它撵走。活塞吃惊地连忙后退，推动它前面的连杆，连杆又去带动粗大的曲柄轴，曲柄轴马上把螺旋桨旋转，船就向前行进了。

"但是，小水点完成这件工作以后，已经精疲力竭了！这些废气从排气管里跑出来，再度受冷，于是许多的微粒就互相挤压，又凝成了水点。我们的主角自然也逃出这个活地狱，通过排水管，回到海里去了。

"'多么危险而又有趣啊，'小水点快乐地想，'当我在小姑娘的脸上晒太阳的时候，谁会想得到，有

一天我会协助把一艘轮船开到那不勒斯去呢!这个世界真奇妙啊。'

"于是小水点跟着波浪游开去,他的可怕经历也渐渐被淡忘了。在明媚的南方海岸边漂流,满眼的风情,你可以看见许多橘子树和橄榄树,还可以听见意大利人和西班牙人在唱着他们的国歌。但到了正午,太阳向海面猛烈地照射着,大量的水蒸发了,它们昏昏沉沉地在空中东飘西荡,变成一个淡蓝色的轻柔天幕,笼罩着整个海面与海岸。出门在田野和园子里做工的人都热得浑身发红,他们不停擦着额角上的汗,时时喊着:'唉,真闷热啊!'

"我们的小朋友也再一次飘浮在温暖的水汽里。这是非常令人厌烦的事:这时连风也睡着了,他只好跟着同伴们停留在同一地方,十分无聊。一直等到晚上,风才清醒过来,慢慢地把水汽吹过海面,把它们吹向非洲海岸那边去了。在这里,那火球般的太阳,把白沙晒得像炉灶里的烘盘一样,热迫使这些蓝色的水汽像气球似的升腾,一直飞上高高的天空。可是那里的气温却像冰一般冷,这些微细的水粒就又凝结为尖尖的微小冰针,整个云块都这样凝结了起来。这件事情是发生在极高的地方，离地面约有10公里，只有最高的云才能到达这个高度。而且，这种云又是一种奇特的云。地上的人看见了，都快活地说：'看啊，那边飘着的是多么奇异的羽毛云啊。该是圣彼得①拍打过他的鸭绒垫子吧？'

"尖厉的风把冰云儿一直吹向北方，高高地悬浮在积雪的山顶上面，这就是阿尔卑斯山。山下是些美丽的绿色草地，牛在山脚的茅舍旁边吃草，再下面还有些小小的村庄。但是在山顶上却是耀眼的冰峰，空气十分寒冷清冽。

"云由于自己的重量，慢慢地沉下来，沿路碰到其他的水微粒，便附着在这些小冰针上继续凝结，于是就变成了美丽的雪星，即使是最伟大的艺术家，也不能对它们完美的形状做一分一毫的修改。随后，它们慢慢地飘落到地面——下雪了！

"这样，就通过我们这小水点产生了一件珍奇的艺术品，一颗雪星，这是艺术家冰冻先生的得意杰作，他不用什么工具，却能在一秒钟里造出了几百万颗！小雪

---

① 圣彼得，基督教中耶稣十二门徒之一。——编者注

星盘旋地飘下来，许多同伴跟着他，互相黏附，有的盖在他上面，有的贴在他底下。这结果就是大朵的雪花，我们的小水点就住在雪花中间。

"雪花从天空中落到高高的山顶上，和千千万万的同伴躺在一起，又被千千万万新的雪花覆盖。这群潮湿的东西就这样躺着，生活是多无聊啊！又寂寞又寒冷，简直像是囚犯一样。小水点深深地叹了口气，想起从前在天空中飘游的时候，是多畅快啊，在地中海沿岸一带，太阳那么暖和，快乐的人穿着漂亮的衣服，唱着快乐的歌！跟现在的生活大不相同。

"但是大家知道，一切都在变化，无论什么事，迟早总有个结束！就在这个冻结的小东西在山顶头住了好几个月之后的一天，春在陆地上出现了，它的开路先锋是西风，一路上唱着粗粝的歌。西风也到山里来访问，它把大堆的雪软化了，驯服了。雪堆开始慢慢地滑动，只是被山头的斜坡阻拦着。小水点明知他们不会总待在这个地方，但还是很担心，只要有微小的变动，他们就会被抛到深深的山谷里去。这当然是很危险的，可是我们的小朋友却毫无挽救的方法，因为他只是大雪堆中的一个囚犯。

"在下边的山谷里,有个村庄,村庄里有些精致的泰洛尔式屋子,屋子里住着些和气的老实的人。每逢春风兴高采烈地吹过街道的时候,村子里的人总是立刻把烟斗从嘴里抽出来,凝望着上面的山坡,担心地说:'现在,我们得留一点神了。这个季节,又是山头的雪崩冲向山谷里来的时候了。'

"一天,才下新雪,空气似乎特别地沉寂和温暖,席莫尔兹勒·赛不尔拖着长筒靴,爬到山顶头去看他牧场上的草屋。当他一拐一跛地正要爬到山顶的时候,突然从他头顶发出了一种咆哮的声音,不待他拿定主意,一块非常巨大的白色东西,早已向他压了下来:这就是雪崩!幸亏席莫尔兹勒·赛不尔当时偏在一旁,要是他站在雪崩的正下方,说不定早就一命呜呼了。这巨大的雪块一下子将他打倒,连续地翻了七个跟头,他的胳臂和腿像风车一样旋转,接着被包裹在这个大雪球里,像肉馅汤团似的,滚到山谷里去了。他躺在软软的雪球中央,滚回村子,倒是比上山的时候快多了。雪球冲到一个干草墩上撞个粉碎,吃惊的人们从屋子里奔跑出来,看见席莫尔兹勒·赛不尔正从那个软软的被褥里挣扎出来,他跛着脚,嘴里叽里咕噜地在雪里找寻他的烟斗。

"幸而雪崩的主体都滚到村子外去了。它伴着一阵猛烈的暴风,一路雪沫纷飞,东冲西撞,将沿途的大树像火柴梗一样摧折。树林被破坏大半,大谷仓被压得像雪茄烟盒一样,最后它停在有一条溪流的一处山坡上。那些和善的泰洛尔人衷心地感到欢快,因为几年以前有一次这样的雪崩,曾把整个村庄都埋葬了,所有居民、牲畜、房屋、谷仓都未能幸免。

"但是,那么大块的雪又怎么会滚动的呢?说穿了真是简单极了!有一只老鹰栖在雪顶上,当它飞去的时候,爪下带动了一块小小的冰,滚下山来。沿途软软的雪花都黏附在这块冰上,成为一个雪球,越积越大。当这个雪球碰到了那躺着小水点的大雪堆,便把它也拉住了,变成庞大的雪崩,像霹雳一般向山谷冲了下来。

"自然,上面所讲的话,我们这位小朋友是完全不知道的。而且,他要从这个牢狱里解放出来,还得经过相当长的时间。随着时间的推移,太阳越照越久了,越照越热了,那个大雪球这才慢慢地融解,而小水点这才有了解放的机会！他的头顶上又是蓝色的天，太阳光的手指抚摩着他和冻结了的同伴。于是他的心融化了，又变成一滴小水点，淌到下面潺潺的溪流中去了。

"比之隐伏在冰雪里，拘拘束束，静静寂寂，现在的生活多快乐啊！小溪流从石块间一层一层地跳下来，流过村庄，穿过柔软的草地，流到可爱的谷底下去了。这地方的风景非常美丽，一座水磨坊在披着嫩绿新装的山毛榉树丛间咕噜作响。磨坊主人戴着一顶白帽子在屋后整修一辆独轮车。他的徒弟和女儿站在屋前的水闸旁边，两人高高兴兴，有说有笑，简直把世界、磨坊全都忘了。小水点沿着通到磨轮的厚木槽流下来，哗啦哗啦地冲过了长满苔藓的阔大的轮叶，使磨轮咿咿呀呀地转动起来，同时屋子里的石磨就把麦粒磨成了面粉。小水点穿过磨轮，就又急急忙忙向溪流中前进。但这时有一股涡流忽地抓住了他，又把他卷了开去。

"小水点在溪流中又奔驰了好几里，溪水渐渐浅了，原来溪流是在碎石上流过，水从无数罅（xià）隙里渗到地底下去了。那里一团漆黑，没有一点趣味。小水点辛辛苦苦地爬过千百万条小隧道和千百万个小孔洞，

他们俩高高兴兴,有说有笑

向岩石里面深深地钻进去。他们渗过各种的矿石，经过铁质的地层和银质的矿脉，溶解了长眠在山体里的各种盐类。最后，这些渗入岩石中的所有的小水点，又成为泉水涌到地面上来了。泉水又凉快又清冽，带着一点溶解矿物盐的滋味，据医生说，这水对于饮食过度而觉得胃部胀满的人是非常有益的。

"在山间泉水涌出的地方，有一个城市，市政府曾经把这些水聚集起来，用成千成万的水管送到所有人家的屋子里去。因此，我们这小水点才见天日，又立即陷入黑暗，冲过水管，最后停留在一所大厦里的一个自来水龙头前面。这锃亮的黄铜水龙头直挺挺地站着，像一个看门的警卫员，不让任何人进来。这大厦原来是一所大学，其中有许多房间，房间里有许多凳子，凳子的前面有一张书桌，书桌旁边是一块大黑板，教师总是在黑板上写着些高深的文字。这种教师，大家称为'教授'，他们教书的时候是不用教鞭的，因为他们的学生都是些小绅士，其中有许多早已留着胡子了；这种学生，被称为'大学生'，做了大学生可是件很光荣的事。

"在某一间教室里正在上一科专门的功课。一位著名的教授站在书桌旁边,他是非常有学问的,由于多年来用脑思考,他的头已经秃了!但在教授想来,这倒是一件值得庆幸的事,若他的头不这样秃,人家也就不会认为他这样有学问了。这位教授正在演讲,他说:'诸位同学,无论什么人,从出生到老死,没有一天能够缺少水,可是水里究竟含有些什么东西?知道的人却并不多。在两百年以前,根本没有人知道,后来英国科学家卡文迪许①把这件事情弄明白了。原来水里含有两种看不见的缥缈轻虚的物质,或者用科学家的话说——含有两种气体,就是氢和氧。它们就像我们呼吸着的空气一样,用眼睛来看是看不见的。但它们结合起来,就变成了水。为了要证明我的话,我要给你们做个实验,把水分离成两种气体,再把这两种气体结合成水。'

"教授向他的助教打了个招呼,助教就走到自来水龙头边,在一只奇形怪状的容器里放了些自来水。于

---

① 亨利·卡文迪许(Henry Cavendish,1731-1810),英国化学家,他证明了水并非单质,预言空气中稀有气体的存在。——编者注

是我们的那位小朋友也就溜了出来，参加这次学术演讲。为科学服务总是一件光荣的事情，你可以想象他是多么得意啊！但是不久，当被粗暴地撕裂成两种气体的时候，他觉得头昏脑涨，像从前在汽锅里一样了。教授在盛水的容器里接了两条电线，再通入电流。你想，这当然是一件不大痛快的事情。电流把水分离成两部分，于是就有许多气泡从每一条电线上升起来，一条电线上发生的是氢，另一条上发生的是氧。我们这个小水点就此做了科学的牺牲品。你可以说，他是受了电刑，就像有些国家处置犯人一样。小水点真想要哭出来，不过他自己原本便是一滴眼泪，要是真的哭了出来，也就变成自杀了。他像小孩子在牙科医生的候诊室里一样，想尽种种的方法来逃避这种刑罚。可是，我们这位小朋友还是逃不了，被变成两种气体，向玻璃容器的顶上升了起来。现在什么都完了。他已经变成了氢和氧，谁也看不见他了。

"一个真正有学问的人，是不做半件事情的。我们的教授再动手把这两种气体结合成水。他设法把它们一同通到一支特别的玻璃管里，然后通入一股强电流，使管里发生电花,氢和氧就再结合起来,成为小水点了。

"在旁边看实验的大学生觉得很有趣,他们高兴得手舞足蹈起来。于是这个有学问的教授微微地弯了弯腰,便昂首大步走出教室去了。

"小水点躺在玻璃管里。他曾经死去,现在又活了过来,他已经知道自己的本质,此前却从未想过自己含着些什么东西。

"但他也没有工夫来细想,因为演讲一经终了,大家都离开了教室,校工跑进来把水倒在废水槽里。于是这些水就又跑过了许多水管到了郊外,流到一条穿过草地的小沟里去了,其中有一部分最后停留在菜园、田野、谷仓之间的一个小池子里。

"'这里的气味不大好。'小水点想。从他的四周飘荡过的全是一些非常下流的东西。一个空药瓶在游泳,两个酒瓶塞神气活现地一起一伏。此外还有一只破旧的童鞋,教科书上的残页以及一段段的稻草和一片片的枯叶。老鼠在池边上跑,一对鸭子在嘎嘎地叫。但是,最可恶的是那些在水里面打旋旋儿的数不清的微小的东西,一小滴水里面有几百个小东西在游泳。两个孩子正在野餐，因为天气热，就跑来从池子里舀起一瓶水来喝。他们如果知道这些水里盘旋着一些非常龌龊的东西，自然会照学校里老师的吩咐，不敢去喝了。

"我们这个小朋友过的真不是舒服的生活。'现在你可以明白，'他想，'要倒起霉来，是不管你自己有没有错的！在几小时以前，我还是在大学校里和许多有学问的人混在一起，而现在却杂在这些龌龊的东西中间！唉！'

"但是，这生活不久也迎来转机。在一个晴朗的早上，酿酒人乔青照例驾着他的栗色马，拖了个大水桶，嚷着'驾！驾！'慢慢穿过村庄，跑到这个池子边来。他们停在池边，把一小桶一小桶的污泥水倒到大水桶里去，直到把它装满为止。然后这个酿酒人乔青一声'驾'，就又驾着马车摇摇摆摆地到葡萄园里去了。到了那里，他把水浇在葡萄丛中，水就渗到地底下的葡萄根边。

"我们的小水点慢慢地从葡萄根的细孔里向上爬，爬到茎里，爬到枝丫里，最后爬到了小小的绿色葡萄里。太阳的光亮一直照到了葡萄的里面。真的，葡萄里是个多么奇异的世界啊：它正像一个化学工厂。太阳的光和热把从泥土里吸收来的水和其他物质都溶化了，一溜溜微小的汁液来来往往，最后把我们这个小水点也溶在一起，于是他就变成了葡萄汁。

"不久，秋天到了！叶子变了颜色。旗子在各处地方飘扬，男女青年们穿了最漂亮的衣裳上葡萄园去，乐队不断地奏着快乐的乡村舞曲。因为这是一个葡萄收获节日。大串成熟了的甜葡萄，成群结队地离开了明朗的高空，被采了下来送到压榨机里，沥出来的汁液，流入酒缸，然后经过相当长时候，从酒缸装入酒桶，又从酒桶封入酒瓶。

"现在我们这位小水点在太阳的魔力之下，变成葡萄酒了。他躺在地窖中的一个积满尘埃的瓶子里，每天看着蜘蛛织出美丽的网，每天听着老鼠发出吱吱的叫声，这样经过了许多岁月。后来这种生活也告一段落；因为乌拉波拉博士写信给一位在莱茵河区域做酒生意的朋友，叫他再寄一两打莱茵出产的好葡萄酒来，在寄来的这几瓶酒里，有一瓶就久久囚着我们的这个小水点。小朋友们，你们大家来看个仔细吧，就是这一瓶！"

乌拉波拉博士说着,伸手到背后桌子上去拿过一瓶积满尘埃的葡萄酒来。

　　"嚯嚯,"他一边说一边旋着木塞,只听见"噗"的一声响,木塞已经脱离了绿色的瓶颈。他倒了一满杯,又说:"这个小水点的奇遇已讲得我口干舌燥,我要叫他亲自来给我提提神,解解渴,因为他正躲在这个杯子里了。有谁不相信吗?好吧,那我也绝不勉强!"

第三章　火柴和蜡烛

有一次，哥斯拉镇上发生了瘟疫。瘟疫偷偷地溜进了所有的人家，无论是穷人或富人都受到同样的威胁。老医师的马车，早晚不停地在街路上嘚嘚响着；这一次，这位老人家的苦口良药和诙谐话语全都失去了效用。当时，死神正在各处横行，他决定到哥斯拉这个矿工区域也来逗一逗威风，镇上的人谁也想不出一个对付他的方法。

一天，已经80岁的老矿工克劳斯同他的孙儿弗莱德尔在一个钟头里死去。弗莱德尔是我们的同学，也是喜爱乌拉波拉童话的听众之一。

在这老人和孩子安葬的晚上，我们大家和乌拉波拉博士悲哀地坐着，他就给我们讲了个关于长寿和短命的故事——火柴和蜡烛。

"小朋友，"他说，"长和短是人类的发明。在自然的主宰看来，长和短是同样的东西。大象虽然能够活很久，但在自然的眼里看来，他的寿命简直和蜉蝣一样，因为在宇宙中，100年与一分钟也差不了多少。"

"在一个青年人的桌子上站着一支蜡烛，蜡烛的旁边躺着一支火柴。这蜡烛长得又漂亮又白嫩，还没有点过火，是女仆在早上才把她从店里买回来的。这火柴有一个完全红色的头。他是个引火东西，像他其余的族人一样，极易发火，无时无刻准备着去跟任何东西摩擦一下。蜡烛的态度很执拗，很庄严，她对于自己的生活的地位是非常自负的。并且，她还有一根小辫子和一条纸花裙；脚上穿着一双磁鞋子。在这近旁的小木匣里，就孤零零地躺着那支小火柴，他是火柴家族中最后的一员了。

"一缕阳光从百叶窗穿进来,照在这蜡烛和火柴上面。小火柴醒了,对着蜡烛望了一会儿,突然说道:'请准许我自我介绍一下。我的名字叫火柴,是从瑞典来的。我母亲,她的乳名叫杉木,最初嫁给硫磺先生,后来改嫁给磷先生。请原谅我不能站起来,因为我只有一只木脚啊!我是家族中最后的一员。我们是一个短命的种族!'

"蜡烛静默了片刻,心里盘算着要不要回答这个红头的小家伙。后来她终于油腔滑调地说:'我的名字叫蜡烛。可请你注意,我不能和你平等地做朋友,因为你是用来做我的仆人的。我的父亲是牛脂公爵,我的母亲出身于富商棉花的家庭。我有个哥哥在教堂里服务,他和圣诞天使一起住在圣诞树顶上。他们非常要好,结果我哥哥爱上这个奇异的天使,他相思甚苦,甚至把整个身体都融化了,因为他的天性柔软得和蜂蜡一样。'

"'你讲得很有趣,'火柴说,'不过我绝不是你的仆人!'

"'你当然是我的仆人,人家把你放在我的旁边就是为了我,他们要在晚上用你来点亮我!你想想我在这里担任着何等的职务！我向一切东西放光！我代替了太阳，我是他在地球上的代表。没有了我，小主人就不能写他可爱的诗歌，他总是在晚上写诗，因为他正在热恋着一位美丽的姑娘！'

"'你的话很有趣，'生着木脚的小火柴说，'可是你没有了我，也就完全不能发光，因为先得由我来用火来点燃你，不要太看不起人！我虽然小，虽然只生一只木脚，可是我是个能干的人，因为我的头脑里还有着些东西。'

"'朋友，请你不要辩论吧！我是不能动火的，我动了火就要毁伤我的身体，我的寿命还长着呢。你生的是木脚，自然一下子就会变成了灰，可是我有油脂来充实我的活力，要比你和你的弟兄们长寿得多哩。'

"那只生着奇特的木脚、在这屋子里已经服务了百年的老桌子，这时忽然咯咯地大声响起来，把蜡烛和火柴都吓了一跳，连住在老桌子里的蛀虫都不敢再钻洞了。这个老桌子似乎在生什么东西的气，可是谁也听不懂他在说些什么。

"'你的牛皮吹得太大，架子摆得太足，像所有压榨穷人的有钱人一样，'火柴说，'虽然你比我活得长一点，却也终有死的一日，等到你寿命终了的时候，看你能不能像我这样勇敢赴死。我在临终的时候，发射了我的火药，像老于行伍的兵士一样，于是哧的一声，就什么都完了。我尽了我的责任，死而瞑目！因为尽责是人生的头等大事。我们这一盒里的60个瑞典兄弟都尽了责任，发过光就死了。规避责任的只有两个，他们因为摩擦时折断了身体，于是主人就气愤地把他们投在水里，说了句：*不中用的东西*！'

"'够了，'蜡烛说，'我们走着瞧吧。只要你今夜还不离开我，还不给我一个猛烈的火；再说，你在这里的职责原是给我引火的。我的头发打着很美丽的辫子，涂着很光滑的油脂。我的头发是白的，不过我年纪越老，发光越久，色泽越黑。这是和人类完全相反的。人类年轻时头发是黑的，年老时渐渐斑白！可惜的是，你不能看见我发光。在那时候，我的心里非常感动，往往流下大滴眼泪，落在我的衣服上。是的，人生是艰苦的！'

"小木人没有出声。蜡烛的神气太骄傲自大，让他觉得有点讨厌。他躺在小小的木床里，独自作乐。

"太阳西沉，夜色渐深，黑暗笼罩了大地。在屋外高树上喧吵不休的黄莺已经睡着了，小鼠躲在荷兰火炉背后吱吱地叫着。尖塔里的老钟当当地打了9下，门开了，一个少年走进室内。

"'现在，'蜡烛的心情非常激动，要是她真有一个心脏，准会心猝倒毙，'太阳已经去安睡，月亮已经跑到美国；这是我大显身手的时候了。在黑暗中照耀的只有我的亮光。'

"少年拿起了躺着火柴的小木床。'只有一根了，'他说，'希望他要尽职才好啊！'

"那个木脚人摆着立正的姿势，腰身挺得笔直，像一个古代的英勇战士，为了尽职而从容就义。

"'再会。'他说着就把粉末的头颅猛撞在盒边上，然后哧地发出一流光，履行着他的职责。他很快焦头烂额，变成了灰烬。但是蜡烛却看不到这些，因为现在轮到她来就职了。少年已把她的白辫子用火柴点燃了，这是她一生中最庄严的时刻；她努力发光，自以为能够和太阳相匹敌。

"少年爱上了一位美丽的姑娘,深夜还在为她写情诗,写过后叹了几口气。蜡烛要发出更强的光;她的小辫子越变越长,火焰开始闪烁不定。但是那把大烛剪爬起来张大了嘴巴说,'小姐,请不要太娇气啊!'于是他把蜡烛的辫子咬去了一段。烛小姐认为受了侮辱,淌了几点浓厚的眼泪。但是烛剪生就了一副哈巴狗的性子,对于烛小姐也没有一点同情,他伸开了两腿,张大了嘴巴,躺在蜡烛的旁边,等候着再去咬烛小姐的辫子。

"'你这个家伙非常野蛮,一点也不懂得对待女子的规矩,'蜡烛含着眼泪说,'先前有个老兵,也躺在我的足边;他为了我,不辞亲冒烈火,连性命也为我牺牲了。但是你,根本不像个骑士。'

"'哼!这里有规矩。'烛剪把嘴一张,说,'我只行使我的职权,其他不问!这间屋子里不许娘儿们留长辫子。我不喜欢长的火焰;我的主人也不喜欢。娘儿们是不该抽烟的,然而你方才却在抽烟,弄得屋子里乌烟瘴气,我高贵的小姐。现在你且别哭,否则你会消耗太快,是活不长久的。'

"'我的亲戚是教堂里的一支大蜡烛,我的

哥哥……'

"'你的哥哥为圣诞天使融化了！这个我早已听见你说过了，小姐！当心你这花边的裙子，它已经沾满了你的眼泪，你越是痛哭，你的生命就结束得越快！'

"'我还可以活好多的时间，'蜡烛说，'生活是很有趣味的，只要活下去你总可以学到一点新的东西。'

"'废话！老是那一套，说了又说。我躺在这里缄口百年，随时留意修剪蜡烛的长辫子，阻止她们发烟冒雾，几百年如一日。年轻的姑娘们总以为来日方长，炫耀着她们的温暖和美丽；渐渐养成了骄傲的习性，爱慕虚荣，满以为一定有个王子来向她们求爱；但是结果她们却渐渐消耗，失去了固有的美丽，老是哭哭啼啼，把身体糟蹋得不像个样子，下边的一双脚变得又肥又厚。长长的泪痕挂在白色的裙子上，她们的辫子也散乱不梳，不住地冒着烟，继而就像早晨跑来整理桌子的老葛斯泰夫那样打起喷嚏。最后，她们干得像一个干瘪的梅子，又小又无价值，于是没有人再需要她们，事情就这样完结了。我根本厌恶女人。在25年前，我娶了链子。我将心奉献给她。那时，我们和一个有地位的白铜烛台绅士交往，发生密切的友情。说也不信，一天她抛弃了我，跟着那个家伙逃走了。所以我说：所有讲爱情和留长辫子的女子给我走开吧！一切全是欺骗！'他说着又咬去了蜡烛的一段辫子，蜡烛听了老哈巴狗的话非常愤怒，气得火焰乱颤。

"'好，如果你对待链子像对待我一样，那就难怪她跟白铜烛台一起逃走了，因为你是一个蛮横的家伙。生命在我这儿只是开头，我想这是很有趣味的。我将要设法去找一个好的配偶，一个漂亮的配偶。当然，对于第一个来求婚的人，我是不会答应的。'

"忽然有嗡嗡嗡的声音！一个肥胖的甲虫被烛光所吸引，从窗子里飞进来，躺在她的脚边。甲虫的腿上有很大的刷子，他用这刷子来整了整胡须和燕尾服，因为他很懂得拜会一个女郎的礼貌。甲虫的形状十分古怪，肥胖的身躯，弹丸似的头和异常矮短的脚。他慢慢地绕着蜡烛爬动，几次鞠躬，似乎在听候吩咐似的。

"'第一个求婚的人来了，'烛剪说，'你得兴奋一点，否则他又要嗡嗡地飞去了。'

"'呸！'蜡烛很轻蔑地说，'他太胖，也太小。

一定还有别的求婚人。我很年轻，生命才只开头哩！'

"这时候甲虫已爬上蜡烛，当他行近她火焰的面庞时，她非常震怒，他吃惊地一闪，就翻身掉在桌子上，仰面躺在那里。他无可奈何地向四周踢着他的脚，怎么也翻不过身，幸亏烛剪伸了一把手，才帮他站了起来。

"'你看，朋友，我是多么倒霉啊。我要另外去找个火焰，这个家伙太神气，我看对付她的最好办法是咬去她的小辫子。'

"甲虫非常懊丧。'嗡，嗡，嗡——'他说着就飞向窗帘去了。

"但是另一个求婚的人又来了！他是个长足蜘蛛，瘦削的身体，长长腿儿，形状十分可怕，头上还生着一对红色的像花梗一样的眼睛。他环绕着蜡烛轻声低诉，对她瞟着两眼，射出热情的光芒。

"'天啊，'她说，'他的举止太轻薄，像个浪荡公子，脸孔又这样丑陋！就算白送给我，我也是要推开去的。让他去追求别人吧！'

"长足蜘蛛被火光一耀，就掉在墨水瓶里；他的身上染黑了，从诗人吸墨水板上爬过，留下了一条长长的墨迹。这可惹恼了诗人，一怒把他摔在窗外。

"'现在你要变成一个老处女了，'烛剪粗声地说，'一个太胖，一个太瘦。我想你是希望有一个王子来向你求婚吧？'

"果然，不久就来了一只颜色漂亮的蝴蝶，穿着蓝色的绸外套，围着黑色的天鹅绒领圈。他翘起了柔嫩的触须，飞舞在蜡烛的四周，缠绵低诉，谁也听不出他在说些什么。而且，他说的又是外语，屋子里没有一个能够懂得。

"那个漂亮的新客向发光的蜡烛深深地鞠着躬。恐怕他的确把她错认作太阳了吧。她的光和热吸引了他，他被她的亮光所迷惑，用振动的翅膀来抚摩她。

"蜡烛觉得非常满意。她高傲地挺立着。'结果，'她想，'我终于找到了一个文雅的青年。'于是她加倍明亮起来。

"'年轻人，'烛剪说，'听听有经验的老人的话吧，快些走开，否则祸事就要来了！我曾经见过许多像你这样的人，都因此而得到不幸的结局。有的把晚服在火焰中烧着了，只落得赤足回家，有的像半夜还在豪饮

的醉汉一样，太靠近蜡烛，结果被她烧得焦头烂额。'

"但是那个风流的小客人并没有把这些话听进去。他在蜡烛的四周欢舞，显然是被她光鲜的浅笑迷住了。

"'生命是多美丽啊！'蜡烛说，'现在有人爱上了我，像坐在那里写诗的少年爱上了那位姑娘一样。'

"突然，噗的一声，那只风雅的蝴蝶已经掉下去，落在桌子上靠近烛剪的地方，他原想去亲近蜡烛，却不留心把翅膀烧焦了。现在他只是无可奈何地旋转着身体，一切美丽的计划全变成了过去。烛小姐被吓得瑟瑟发抖。

"'唉，年轻人！我是怎么说的？'烛剪咕噜着说，'骄傲是失败的先驱。不听良言，就活该受苦，你这个人真没有头脑！'

"'真可惜，'蜡烛说，'但是也许还有求婚人来吧。'

"'你是个全无心肝的人，你又在冒烟了！'烛剪说着就跳起来张开了他的两颚，粗暴地咬去了一大段烧着的辫子。因为他是铁做的，所以有这胆量。

"老钟报过了10点，11点，最后到了12点。蜡烛是越来越短，室内的影子则越来越长了。一切都渐渐沉入黑暗之中，世界变得异样的静寂。桌子里的蛀虫已经熟睡了，小蝴蝶懊丧地爬到书背后去了。烛剪也已昏昏地睡去。当老钟打完了12下时，袅袅的余音还持续了些许时候，这是他最着力的工作；此后他必须再从'1点'打起，到那时候人们都已睡着，就没有一个人会听见了。

"后来那个热恋的少年立起身来，他叹了几口气，悄悄地跑到卧室去了。他的步子虽然走得很轻，男仆格斯塔夫却已经听见了。他把睡鞋和脱靴器放在外面，然后来到主人的书房整理书桌。蜡烛站在桌子上，还在燃烧。但是形状却全变了！又老又丑！她的身体已经十分矮短，时时神经质地前后闪动。她的花边衣服已被烧焦了。蜡烛淌着浓浓的眼泪，不住地喊着：'完了，完了！喔，生命是多么短暂啊！'

"老格斯塔夫用烛剪从烛台上夹取了那小蜡烛头，但是他抖抖的手指轻轻一震。

"'喔，'蜡烛当即就熄灭了，四周变得漆黑。小蜡烛头滚在火炉的角落里。当老格斯塔夫拖着睡鞋踱出书房时，小鼠从火炉背后跑出来，抚着胡须，把所有的

第四章　_041

老格斯塔夫用烛剪从烛台上夹取了那小蜡烛头

蜡都啃光了。只剩下一段小辫子一动不动地留在那里。

"烛剪醒来,张开大嘴,打了几个呵欠。'现在什么都看不见了,'他说,'烛小姐大概早已去世了吧。是的,生命很短暂,而生存的世界又是多么狭窄啊!到了某一天,我也要进坟墓去。唉,我的关节已经暗示我上了年纪,这是痛风症呢。'

"老桌子发出破裂的声音,烛剪静默了,因为他知道老桌子是个不喜欢多讲话的人。

"小朋友,这就是火柴和蜡烛的故事。蜡烛自以为可以活很长时间,觉得可以任意挥霍,但是在屋子里服务了百年的烛剪和桌子看来,蜡烛的生命却和小火柴一样短暂。所以,我们生存在这个世界上就要公平正直地向前奋斗,完成自己的使命责任,不能让烛剪白白剪去我们的辫子。"

那古怪的老人讲完了这个故事,打了一个很响的喷嚏,直把他粉白的辫子颠了起来。接着他持了烛火,在我们面前拖起沉重的脚步向陡直的楼梯走去。

第四章　月球上的一天

　　在初夏一个晴朗的傍晚，月亮像巡夜人的号角一般悠然地出现在森林上空，乌拉波拉说道，"我知道，你们这批小鬼都只会顽皮，不想学好，你们长大起来结果也一定不会好。不过我既然答应了你们，说话总得算数，今天我就教你们从我的大望远镜里去看看月球上的情形。"

　　"哦，乌拉波拉，那是好极了！如果你真的肯给我们看,那么我们一定到树林里和沼泽地去采更多的草来给你喂甲虫!"

"好,这笔交易倒也划算!"老人说着从一大串钥匙里拣出了一个大钥匙,领我们走进客厅,这里有一个楼梯直通用石板盖成的尖顶楼,大望远镜就放在那里。

楼梯黑暗而又很狭窄,乌拉波拉点亮了他的小油灯,把钥匙插入锁孔,门呀的一声开了,我们就踏进这间神秘的小室。在室中的一个圆柱上有一个庞大的东西,像门大炮,我们当中顶瘦的小朋友,简直可以钻进那个管子里去。这东西附有各式各样的旋钮和把手,都是用钢铁或黄铜做成的。在管子的上方嵌着一块巨大的玻璃,很像个盆子,在下方嵌着一块小玻璃,应该就是从这小玻璃看进去的。房间里还有一只用玻璃罩来罩住的大挂钟,长长的摆在不疾不徐地左右动荡,样子看去很神气,合拍地连续说着"滴答,滴答……"壁角放着各式各样的仪器,壁上悬着日月星辰的挂图,书架上列着厚厚的书册。当我们七嘴八舌地向乌拉波拉问这问那的时候,他只是粗声地喝道,"不要啰嗦,不要动手!这些你们还不能懂!"

尖顶楼的屋顶上装着几扇可以随意开关的大天窗,当你把窗子打开,让星光射进来时,就可以从望远镜里去遥望星空了。房间里很暗,连外边幽暗的路灯也照不进来。乌拉波拉拨开了天窗的活栓,把窗子打开了,于是就有一道灰白色的月光照到仪器上面,我们的身体在地板上投射出长长的影子。

这博学的老人把那长管子对准了银光闪闪的月球。他调整了许多旋钮和杠杆,向这仰天的大炮里望了好一会儿。然后让我们依次去望,只见映在我们面前的是放大了几百倍的静寂遥远的月世界,山脉平原都看得清清楚楚。

啊,这真是一个奇特的世界!我们只能看见月亮的一部分,但是这一部分是多么广大啊!初看时,只见它好像一个光芒四射的水晶盘,后来又看见这上面还有许多大黑点。乌拉波拉介绍,那些其实是广阔平坦的洼地,从前人们把它们误认为是月面上的海洋。但特别有趣的却是那些山脉。我们看见各式各样的闪光的山顶,乌拉波拉告诉我们,月亮和地球一样,不能自己发光,月球上的光也都是从太阳那里来的,山顶被阳光照射所以特别明亮。那些山脉在平原上投射出长长的尖影，而山谷中因为受不到阳光，所以黑暗得如同在午夜里一样。我们能够看见几千个圆形的火山口，还有连绵不断的山脉，山上尽是些嶙峋的岩片和裂缝，从望远镜里看来，好像是一块被耗子咬出一个个窟窿的大蛋糕。

我们望着望着，老乌拉波拉对于我们所看见的东西，都一一做了说明。但是我们的连珠般的问题，使他觉得讨厌起来，他用五彩手帕来揩了揩鼻子，把眼镜扶正，然后照老腔调粗暴地说道："你们能不能安静一点，小坏蛋！大家不许吵！现在你们已经看到月亮了，知道它是像地球一样的球体，不过那里并没有任何生物存在。如果你们要明白得更详细些，我可以给你们讲一个故事，讲讲一个小孩子的月球一日游。你们坐下来，围成一个圈子，仔细听着吧！"

乌拉波拉吸了两大撮鼻烟，"阿嚏阿嚏"地打了两个喷嚏，直震得他的小辫子在衣领上不住摇荡。然后他开口说：

"从前有个小孩子，名叫富兰克。一天晚上，他躺在床上久久不能入睡，月光照着他的脸庞。月亮在山背后，孤孤单单的像个梦游者，它的光在覆于地面的干硬雪褥上闪出万朵晶星。孩子望着这银色的圆盘，觉得它像是一张生着黑痣的和善的笑脸。于是他想起今天晚上所听见的话。原来今天他们家里来了个客人。这个客人是位博学的天文学教授，他终身研究太阳、月亮和各种的星。在晚餐的时候，他讲了各种天空的故事。正好月亮刚刚升起，月光照进窗子来，小富兰克便问起关于月亮的情形。那个戴着金丝边眼镜的老教授就告诉他，在孩子们中间流行的许多关于'月中人'的故事都是假的。他说月亮是个很远的星球，上边有连绵的山谷，广大的平原，深不见底的火山口，不过那里寂静得很，既没有生物存在，也从不曾有人类的足迹踏进这个奇特的世界[①]。

"'要是我们有一天能够到月球里去玩玩，那才有趣呢！'富兰克的父亲说。他认为人类已经发明了许多有趣的东西，将来一定也会设法飞到月球上去的。老教授从他的金边眼镜里露出笑容，回头对小富兰克说，

[①] 人类于1969年首次登上月球，因本书成书较早，故此说人类还不曾登上月球。——编者注

'对，孩子，到了那个时候，我们要一同去作首次的月球旅行！'

"正说到这里，富兰克的母亲领他上床睡觉去了。因为那时候天色已晚，小孩子要保持健康的身体，就非有充足的睡眠不可。可是这孩子听了老教授所讲的月球的故事，却大为兴奋。他躺在床上幻想着在广袤的夜空中飞行和在遥远的星球上游览的情形……慢慢地闭拢了眼睛，月光软软地抚摩着他的脸。他的眼皮越来越重，终于跑进了梦的世界。

"突然，小富兰克看见寝室的门开开了。接着，老教授探进头来。他高高兴兴地向富兰克点了点头，但是他看上去已经老了许多，头发都雪白了，似乎他们已经分别了许多年的样子。'孩子，'他说，'你还认识我吗？我是你的老朋友，就是那个喜欢看星的人。你还记得，当时你想到月球去旅行，我曾答应你一同去的吗？我同你分别了以后，就设法制造一艘巨大的空间飞船，日日夜夜努力地工作，现在已经完成了。既然我答应你一同到月球去，当然要守约。跟我来吧！你的爸爸已经在外边等着了。'

"当时,我们的小朋友就像兔子般地从床上跳了起来,赶快把衣服穿好。他的母亲又跑来替他加上一条围巾和一件皮外套,然后一同跑出屋子。

"在屋外的广场上停着一艘古怪的飞船,一半像飞机,一半像飞艇,有机翼,还有一个巨大的艇身,上面围着厚厚的玻璃壁。飞船四周站满了许多看热闹的人,都惊异地张着嘴巴。邻居菲利普原是个专管闲事的'百事通',在人堆里显摆他的博闻多见:'你们知道这是怎么一回事?那船里坐的是我们的总统。他是要飞到北极去的。听说那里的扫雪工人罢了工,他要去给他们一次训话哩。'但是警察罗伯特却翘起了胡子,涨红了脸,跑来跑去并不住嚷着:'请大家走开些,走开些!'

"富兰克的父亲和教授这时就往人群中挤了进去。他们都裹着厚厚的皮衣,招呼富兰克跟在后面。他的母亲送他们上船,跟众人一一握过了手,又拥抱了她的孩子,没精打采地望着那艘飞船,眼睛里有点湿润的样子,毕竟做母亲的对于月球旅行这种事总是不太感兴趣的。富兰克感觉自己有一点紧张,但是教授却非常高兴，说是这次旅行绝没有丝毫危险。随后他们都跳进了那玻璃的大船舱，教授开始拨动各种旋钮和杠杆，那只大飞船就轰轰地离开地面，径直向空中飞上去了。

"人们在下面热烈欢呼着，手里都扬着帽子和手帕，这时候你可以清楚地发现人群中有多少个秃子，你还可以看见富兰克的母亲站在那里掉眼泪。

"城镇是渐渐缩小了。屋子看去像一个个玩具，花园看去像一片片苔藓，到了后来，只像是一些五色的斑点。他们是越飞越高了，所见的景色也变幻得更加奇特了！树林已变成了暗绿色的大围巾，山脉和平原已无从分辨，河流像是一长条闪亮的锡箔。突然，这一切又都莫名其妙地消失了！一种浓密的白色东西笼罩在四周，像是牛奶的海，水在窗玻璃上流下来，好似用喷水壶浇过了的一样。小富兰克害怕起来，奔到了大人的身旁，可是他们都笑着保证不会出什么乱子。

"'别担心，孩子。'教授说，'你所害怕的实在只是一块云，我们正在云层里穿过，这块云大约离地面8000米。你看着吧，我们快要穿过它了！'

"果然，蓝蓝的天，金色的太阳，不久再次出现在头顶。在下边,云像是一大堆白色的泡沫,约有1000米长,在兜着风快速地飘动。从云缝中,你还可以远远地瞥见地球。

"'为什么所有的东西都变得那样潮湿呢?'小富兰克恢复了镇静,问道。

"'喔,那是很容易明白的,'教授回答说,'你想,云其实只是由水蒸气所凝成的一团微小的颗粒,跟水壶里喷出来的白色水汽一样。当这些微小的颗粒遇到寒冷的窗玻璃时,就冷凝成许多较大的水点,湿淋淋地附着在窗玻璃上。这种水点越聚越多,结果就像小瀑布一样流下来。'

"'在云端里旅行真是件妙不可言的事!我那些在下边的同伴,恐怕永远没有像我这种机会吧!'

"'这个想法是错误的,孩子!他们也像你一样是时常在云里旅行的。因为他们时常在雾里行走,而所谓雾其实就是一种接近地面的云。'

"接下来更有趣了!地球像一个大圆球,现在已远远地沉在他们的脚下,从上面望下去,能看见它上面一块亮,一块暗,亮的是海洋,暗的是陆地,此外就什么也辨不清楚了。就是那些云块现在也远在下边，看去好像是地面上的一片片残雪。空间飞船以巨大的速度，向天空直冲。欧洲的地形看上去正像绘制的地图。靴子形的意大利，成为黑压压的一长条，伸在地中海里；在北方，瑞典和挪威所在的斯堪的纳维亚半岛，像是一只正在跳跃的狮子；再往北去，一片银光，不用说那就是北极附近的冰雪世界了。在西方，是一片广大的灰黑色的东西，那是大西洋。

"现在，更特别的事情发生了：自从他们升空以来，飞船始终从地球垂直上升，向着太阳飞去。然而，他们的目的地是月球，而月球却在与太阳相反的位置。当时正值满月，所以现在他们只能绕着地球飞，去到地球的另一面。另一面的地球正是在夜间，月球正高高地悬挂在天空。老教授把他奇异的飞船转了个方向，小富兰克发现了一个十分奇特的现象。起初，地球在他们的底下像个发光的大圆球，可是到了这时候，边上渐渐蚕食，最后简直变得像一个半月，另一半不知怎的都消失了。这景象连富兰克的父亲也觉得惊异起来。他们惊愕的声音把博学的老教授从默默的沉思中搅醒了过来。

'是的,'他说,'这景象粗看起来虽然奇怪,可是道理却十分简单。你们想,地球不能发光,只是个黑暗的圆球,它的亮光全是从太阳射来的。这好比你把一个皮球带到暗室里,用烛火来照亮它的半球。太阳照不到的半球十分黑暗,那里就是夜晚。我们这船本来一直在地球光亮的半球飞,现在飞向黑暗的半球去了。此刻我们正飞在光亮与黑暗的交界地方。在左边,我们还能看到在白天中的半球,在右边却已成黑夜。因为太阳光照不到那个半球,所以我们就不能看见它了。非常简单的,是不是?就是小富兰克也一定会懂吧?'

"是的,这个到月球上去的小旅行家确实能够懂得这些。他在学校里早已听老师讲过,只是现在目睹倒反而觉得十分奇怪了。然而奇怪的还不止此!不知怎么一来,他们的船突然被黑暗包围住了。太阳神秘地失踪了;它已落在地球的背后。在他们的头顶是闪闪的繁星,离天顶不远处就是那浑圆的满月,在它淡淡的光辉下面,不惯于黑暗的眼睛,也渐渐习惯起来了。

"'看,'老教授说,'现在地球是在我们和太阳的中间,因此太阳光已不能射到我们这里来了。我们是站在地球的影子里了。我们现在所处的位置，正如在月食的时候月球所处的位置一样。在那时候，月球站在地球的影子里，所以被遮暗了。这些都是极简单的道理，一点也不神秘古怪！'

"'像这样的一次旅行，真不知道要学到多少知识！'富兰克的父亲说，'将来我们也会变成天文学家呢，孩子！'

"现在，地球已不大看得清楚了。因为他们已经飞进了完全照不到阳光的一边，那里只有一些微弱的月光。它像一个灰白色的圆盘，向远远的空间逝去，在它的四周围着更远的点点繁星。

"这时大家都感觉到异常寒冷，虽然船舱中备着电炉，却还是在厚厚的皮衣里边发抖。富兰克的父亲问起这寒冷的原因，老教授就又开始高兴地给他解释。

"'在空间里面，'他说，'若是用温度计来测量，温度大概是$-200℃$。这个温度原是无法算得很准确的，只是个大概的数值。此刻我不做详细的解释，因为我怕小富兰克不能懂得这些，但是我想他一定会相信我的话。试想在地球上，凡是几个月照不到太阳光的部分

（如南极、北极等），任何东西都冻结起来。赴极地探险的人测得那里的温度平均在$-65℃$，然而这还是在地面上，时常有从暖地来的气流把热传播过去。至于在地外空间里，就无论如何不会有所谓温暖。因为温度是通过热附着在物质上体现的。只有在有物质存在的地方，物质吸收到了太阳或其他热物体的热，才能温暖起来。但是在地外空间空无一物，连空气都没有，那么……'

说到这里，他的谈话被突然打断，同时每一个人都吓呆了。一阵巨大的响声振动着耳鼓，接着又听见船壁上发出一阵噼噼啪啪的打击声，让人担心会把飞船打个粉碎。小富兰克很害怕，急忙从窗子边逃开了。像拳头般大的石子纷纷打在玻璃上，有几块爆裂了，迸出几点火花。

"'月中人，月中人，'孩子尖声地嚷，'他们看见了我们，向我们射击了！'

"他的父亲也吃惊得倒退了几步，天文学家脸色泛白，手足无措地在那里踱方步。

"这一次的乱子只有几分钟；不久危险过去了，但是教授的心情却还不能平静下来，对于他的同伴的接二连三的问题,全不理睬。他小心地检查着船上的一个个机件,直到自认为各部分都无损害以后,才深深地喘了一口气。

"'天知道,'他轻轻地掠着他灰白了的头发,'真糟糕!照理我预先就应该有一点准备,可是百密一疏,总是免不了的!'

"'那究竟是些什么东西?'富兰克的父亲问。

"'那些是陨石,它们在天空中游行,数目何止几百万。我们在地球上时常看见小陨石从天空中划过,那就是流星。而那些落了地的巨大陨石,我们可以在博物馆里见到。刚才那些陨石若果真把窗玻璃打碎了,那么我们大家就性命难保,会被闷死的。'

"'闷死?为什么?'

"'这个,你想哟,空间中是完全没有空气的,这地板上放着的大钢筒就装着供呼吸的氧,是我从地球上带来供旅行中用的。这些钢筒在徐徐地放出氧,使我们能够维持正常的呼吸。然而这船壁若被流星打破,那么我们在没有空气的太空之中是会立即窒息闷死的!'

"他的同伴这才明白这次旅行确实带着冒险性,现在危险虽然已经过去，但回想起来，未免还有一点惊心动魄。

"就在这个时候，他们已经离月球越来越近了。月面好像一个圆盘，盘上的一切看去都很清晰。它悬浮在他们的头顶，发出柔和的亮光。飞船就正对着它以极快的速度靠近。

"'月球离地球究竟有多远，我们旅行到那里要多少时间？'富兰克的父亲问。

"'地球离月球约有38.6万公里，朋友，'天文学家回答道，'其实这也不能算十分远，只有从柏林到纽约来回路程的30倍，许多老海员航行过比这更长的路程呢。一个炮弹能够在十天之内从地球射到月球，只要它的速度不在中途减慢下来；如果地球上有铁路通往月球，那么一辆特别快车昼夜不停地行驰，花6个月也可以到达月球。而我发明的这飞船，它的速度远远地超过炮弹，所以我们不久就可以赶到月球。你们看，我们这位老朋友已经近在眼前了；现在大家得预备登陆了。最要紧的是大家该各自把氧盔戴好，因为在月球上是没有空气的。你要知道，人类不能在月面上生存就由于这个缘

故。现在我得把船的制动器调整一下,若速度太大,与月面一碰撞真会被撞个粉碎,大家就完蛋了!'

"于是三个人忙碌起来,但是不久就都装扮得像戴着铜盔的潜水员一样,这盔把头部完全包住,使它跟外界隔绝,在颈部又用皮带收紧,所以不致漏气。背上缚着贮氧的钢筒,由一根管子把所贮的氧输送到盔里去。盔上开着一个有格子的玻璃窗,可从此望见外边的世界。不过怎样才能听见外边的声音并跟别人谈话呢?这在小富兰克的心里却成了个不解的问题。

"他们的四周又包围着一种夺目的亮光;这是从月面上射来的。教授在忙着拨动各种杠杆和旋钮,旋转许多手柄和轮子,富兰克的父亲也在旁边帮忙。这位老先生所费的力气实在不小,他的白发和衣角在背后不住动荡;结果终于把一切都准备好了。

"'现在,'他说,'庄严的时刻就要到来了!再过一会儿,靠我这个发明,我们就要作为第一批人类访客在月球上降落了。但是大家要当心,即使那个制动器效果确实好,也难免发生猛烈的冲撞,引起伤害。所以你们要赶快去坐在悬空的吊椅里;这些吊椅是用橡皮、

羽毛和弹簧做成的，可以使我们免受直接的撞击，起到缓冲作用。'

"每人心里都忐忑不安。富兰克想到可能发生的骨肉模糊的惨剧，两脚就不住发抖。可是时间已不让他们做过多的幻想。他们刚在吊椅里坐定，飞船便已到达月球了！

"'坐好！坐好！'教授高声地嚷着。随着轰隆一声巨响，似乎每一件可碎的东西都被震碎了。小富兰克的耳朵嗡嗡作响，浑身的骨头隐隐作痛。但是不久就寂然无声，像在半夜里一样，一切都平静下来了。"

这时候，老乌拉波拉中断了他的故事，又吸了一大撮鼻烟。孩子们一个个都兴奋异常，张着嘴巴，像耗子般静静地坐着，暗自推测这几个月球旅行者的未来命运。

"孩子们，"乌拉波拉说，"快把你们的嘴巴闭拢吧，不要让蝙蝠飞了进去！你们得让我歇歇。我是个老年人了，说起话来不像你们这班吵闹惯常的野孩子那样爽利！"说着他又吸了两撮鼻烟，摇头摆尾地打了几个喷嚏，这才再继续他的故事。

"飞船残破了。船里的旅客都僵直地躺卧着,如果有人看见了他们的那副形容,一定以为都气绝了。但其实他们只是暂时失去了知觉,富兰克的父亲身体最强健,第一个爬了起来。幸喜他一根骨头也没有跌坏,其他两个人也还好好地活着。待他们苏醒了以后,他就把他们一个个扶了起来。各人除了撞起几个疙瘩,并没有什么大碍。我想,我们的小富兰克虽然淌过几滴眼泪,但是大致说来算是很勇敢的了。

"'现在我们是否已在月球上了?'他问,仍旧带一点焦急的样子,'不过这里的石子,这里的沙土,还是和地球上的一模一样。啊,那又是怎么一回事?真有点奇怪:天上有太阳,但同时还有满天的星,像在夜里一样;而且,虽在白天,可天空却又是黑暗的。'

"孩子不住地发问,但是没有人回答他;好像他们都没有听见,他这才注意到就连他自己也听不清楚自己的话。

"'这是什么道理?'他自己问自己,'估计是我们头上的铜盔把声音隔断了。'正在这时候,教授触了触他的臂膀,又向富兰克的父亲做了个手势,叫他注意。然后他从衣袋里摸出一支手枪来放了三枪。他们明明看见火光，也看见烟雾，可是却没有听见一点声音。他们看见这博学的教授对他们的惊奇窃笑不已，同时他从衣袋里拿出一本记事簿来写道：'因为月球上面没有空气，不能把声波传到耳朵里来，所以我们不能听见任何声音。在地球上，如果我们把一只电铃放在玻璃钟罩里，然后把钟罩里的空气抽出，我们也不能听见电铃的响声。在这月球上，就是在我们身边放炮，也不能听见炮声。现在你们要发问，就得用文字写出来，我要回答你们，也只能写在纸上。'

"他们点点头，表示会意。接着富兰克的父亲用手指着奇异的天空。太阳像一个大火球悬在空中，跟在地球上的一般无二，不过这里的天空漆黑一团，像在夜里一样，所有的星都可以看得清清楚楚。

"教授也点点头，拣一块大岩石来坐好了写道：'这也是由于月球四周并不包围着空气的缘故！地球上的蓝色天空是太阳光照射高空中的大气层而产生的，因为这层空气被照得十分明亮，所以把微弱的星光掩住了。在这里，月球上既然没有空气，自然在白天也可以

看见星光。'

"'这个世界真是奇怪,'富兰克想,'在这里没有人能够吵闹,也没有音乐或歌唱,即使有整队的兵士或货车开过,也将声息全无。我们学校里的所有功课都得写下来,但在这里连人们要斗嘴嚼舌也得写到纸上。'

"教授站起身来,招呼同伴跟着他走去。在他们前面的是一座高高的山峰;这山峰矗立在一个大平原的边界,教授领他们登上山去,想查看一下周围的情况。四周都是些不毛之地。远远近近没有一小点绿色的东西;没有一株树,没有一棵草;看不见一只鸟,也看不见一条虫。极目望去,有的只是一些碎石以及深暗的岩洞和广阔的罅裂,还有覆着干沙土的单调平原。死一样的寂静,墨一样的天空,这景象真有点阴森可怕!和它一对比,地球显得是多么美丽,上有蔚蓝的天空,下有草地、树林、河流、海洋以及千万种不同的动物,更有飘浮的云、吹动的风、悦耳的音乐以及快乐的生命。

"他们走不多久,便到了山顶,这才看明白山脉的实际形状。他们的前面展开着一个奇大无比的平原。教授告诉他们，在地球上用一架大望远镜就可以看清月面的情况。曾有人拍摄了许多准确的照片，绘成月面的地图，给各条山脉、各个平原都取了名字，正如绘制地图的人给各个地方都取了名字一样。

"'这个大平原，'他指着写给同伴看，'天文学家称之为*雨海*。其实那里是一滴水也没有的。在这个平原的边上，你可以远远望见一连串顶上闪着银光的大山脉，天文学家称之为*亚平宁山脉*。在平原的中央，你可以看见一个奇怪的火山口，像这类的火山口，在这个奇异的世界里有千千万万。你们看着，它们都是岩石围成的大圆圈，而在这大圆圈的中央，往往有一个锥形的小山。'

"小富兰克拿出他的记事簿来写道：'月球上所有的这些火山口，看去很像是蚀空了的双重牙齿！'教授笑了笑，在下面写道：'是的，孩子，你的话说得很对，不过这种牙齿往往有50公里宽呢。'

"现在这群旅客又向月球的另一面走去。那边因为照不到阳光，四周全是黑暗。他们走到临近黑夜的边境，那里的月面也快要背向太阳了。富兰克觉得，他在月面上走起路来不但快而且毫不费力,心里好生奇怪。他一时兴起,拾起一块石子向空中抛去。这更使他愣住了!那石子一直向空中飞去,高得差不多看不见了,结果落在很远很远的地方。教授看见他抛石子,看见他的发愣,就请他看自己的表演。老人向前急奔了几步,然后从一个小丘上把身体一纵,就跃入空中,飞过一座像屋子般高的小山,最后轻轻地降落在对面的山脚下。他在空中手舞足蹈,非常滑稽。在下边望着的父子俩,忍不住哈哈大笑。不用说,他们对于这种表演充满了好奇心,立即也照样来玩这个跳高的游戏。富兰克的父亲比老教授跳得更高。他也来试玩抛掷石子的游戏,自然比富兰克抛得更远,有一块石子竟远得不知去向。他玩过以后,就同富兰克跑到教授面前,问他为什么能在月球上做到地球上最有力气的人也不能做到的事。例如,有些在地球上连富兰克壮健的父亲都捧不起的巨大石块,现在富兰克竟能把它们高高举起。然而这些现象虽然奇特,经教授一解释,倒也很容易理解。

"他坐下来写道:'月球比地球小得多。用我们的地球可以造出49个月球。因为月球太小,所以对于物体的吸引力，也就没有地球那样大，因此在月球上的所有物体，都好像轻了不少，我们只消用很少的力气就可以把它举起来。物体在月球上的重量只有在地球上的六分之一。所以凭了我们的力气来运动，身体比在地球上轻了六分之五，如此一跃，就可以比在地球上高了五倍！这些道理都非常简单，足见宇宙间其实也没有那么神秘。一切现象的发生都十分自然，你知道得越多，所能解释的现象也越多！'

"'这真是一个奇特的世界，'富兰克想道，'假使我从地球上带一斤巧克力来，再在这里用弹簧秤来称一称。即使我一粒也没有吃掉，也只剩了六分之一斤！'

"他们向着月球黑夜继续走去。由于身体轻盈，他们虽然走得快，却并不觉得疲劳。太阳在月球的月平线上越降越低了，不久他们就完全进入了黑暗世界。因为月球上没有空气，所以在白昼和黑夜之间，天空中没有绚烂的晚霞，也没有苍茫的暮色。不像在地球上，由于高处的空气能够把太阳光反射下来，所以日没以后还有相当的亮光。这时候，只有几座高峰的顶上还有阳

从一个小丘上把身体一纵，就跃入空中

光，对比下边的黑暗世界显得格外明亮，像是水晶一般。当这一点阳光也被别的山峰挡住之后，真正变成漆黑一团，伸手不见五指。富兰克的父亲想擦一根火柴，可是火柴头只是一闪，却不能点燃；你看，他忘记了，在没有空气的地方任何东西都是不能燃烧的。好在老教授早有准备。他的腰带上挂着一个很大的手电筒，他一打开，就有充分的亮光照在路上。忽然，他们望见月平线上现出一团亮光。起先看去像是一个光芒四射的圆屋顶，他们向前走去，这个半圆形渐渐大起来，完全跟地球上所见到的初升的月亮一样。这一团从月平线上升起来的亮光，越来越圆，最后高高地悬挂在山顶，它的光非常明亮，足以使这几位月球旅行家能够看清四周的一切，因此教授也就把手电筒关掉了。

"他们满脑子疑惑，站定凝视着这个升上天空的奇怪的'月亮'，不过这个'月亮'比地球上所见到的月亮大了13倍。富兰克和他的父亲看到，这月亮的表面上有着许多明暗的斑点，形状似乎非常熟悉，好像在什么地方曾经见过。天文学教授拿出了他的记事簿来，在上面写了短短的几句话：'在月球天空中的那个大圆盘，

就是地球！'

"经教授这么一提醒，大家就都明白了。富兰克在学校里看惯了地球仪，这次看到了真正的地球，自然能够清楚地看出各个陆地和各个海洋的轮廓。那个大三角形是南美洲，旁边就是大西洋和太平洋，南极是一片白光——那里是个冰雪的世界。总之，对于这几个旅行家来说，原来的月亮已经变成了'地球'，原来的地球已经变成了'月亮'。博学的教授又给他们解释说，一切现象都很自然，正因为月亮从地面上看来，像浮在天空中的一个星，所以从月面上看来，地球也像一颗星，不过形状大些罢了。

"于是这三个旅行家就借着地球的光在各处游览，正像地球上的人在月光下游览一样。不过地球上的景色是非常美丽的，那里有树林，有原野，有花，有鸟，有海，有河，还有忙忙碌碌的人；在月球上却什么都没有。想到这些，富兰克和父亲突然怀念起故乡了。他们渴望能够及早回家去看看他们的屋子，他们的花园，尤其是分别时依依不舍的富兰克的母亲，她一定在日夜盼望着飞船的归来吧。

"富兰克拉住了他父亲的手,遥指地球。他的父亲懂得他的意思,便跑到博学的教授身边,在他的肩膀一拍,然后做着手势,表示他们现在应该上飞船设法回家去了。

"但是教授摇了摇头。'飞船已经摔破了,'他写道,'我们只好留在月球上!'

"'我们应该把它修理好。'富兰克的父亲写道。

"'不!我们要留在这里;这里很有趣,我还有许多的现象要研究,因为我要写一大本关于月球的书。'天文学教授这样回答。

"富兰克的父亲强硬地抗议,并且猛烈地抨击这位顽固的教授,说他不应该没有把回去的方法想好,就引诱他们到月球上来。但是老教授只是跺着脚,做着同样的回答:'我们要留在这里!'

"这位老学者好像突然变成了个野蛮的魔鬼。他的眼睛在眼镜背后狡猾地溜动,同时粗暴而威胁地扬起了双手,小富兰克看见了这副形容,又是焦急又是害怕。

"教授和富兰克的父亲忽然打起架来了,他们扭作一团,你推我拉,越扭越远,最后到了山岩一条裂缝边。这条裂缝阴森森的,不知道有多深。含着眼泪的小富兰克恐怕父亲掉下去,急忙赶过去拖住父亲的外衣,想把他拉开,可是已经迟了。他们一起翻滚下去,掉啊掉的,掉入了这无尽的黑暗之中……

"富兰克突然觉得有一只手把自己拉住……白天了……他的母亲站在床边,笑着说:'懒虫,怎么睡到这时候还不起来?醒醒吧!太阳已经升得很高了。我听见你的叫声,你是在做梦吧?昨晚听月亮的故事太入迷,睡得太晚了吧!'"

第五章　世界的末日
——

"你们看,"老乌拉波拉擦亮了他的玳瑁眼镜说,"这是个微小世界的放大镜,人家把它叫作显微镜。现在你们大家都跑过来,站在我旁边,我们要用这镜子去观察一番。你们看,这是一小杯污泥水,是女仆克莉丝蒂娜从花园的池子里舀来的;我们要拿出一点水来放在这显微镜下,把它扩大几百倍来看。"

"好,来吧,我已经把它装好了。现在你们就可以望进去了。

"像这样的一点水,却是个多么奇怪的世界啊!你们曾见过这种蠕动的小东西么!几千个微小的生物簇拥而来,浮的浮,沉的沉,逃的逃,追的追,熙熙攘攘,像是大都市里的行人一样。看那些'小船',他们通体如玻璃般透明,用柔嫩的毫毛在水里划动,划得像箭一般快,好像有什么了不得的公事的样子。他们猎取食物,他们互相追逐,他们的有些行径似乎也愚笨得跟人类一样,只是在他们自己的小世界里看来,那也许是绝顶聪明的。

"看,又过来一样,这是轮状微生物。他们的头顶上生着一圈微小的手指,每个手指都在不住地动;这个圈子的形状好像是一只小手表里的齿轮,当手指转动的时候,在水里造成一个小小的漩涡,于是各式各样的微生物也就顺势被吸了过来,恰好落在这'齿轮'张大的嘴里。是的,这是个非常巧妙的计策,这些小轮子得常常努力转动,如若不然,他们就要饿肚子了!

"看啊,在水世界的中央有个岛。这实在是一片烂叶子的微屑。用肉眼是看不出来的,不过在这小世界中却是个大岛了。所有的居民都非常微小，即使把几百个集在一起，仍能舒舒服服地住在一个针眼儿里。他们从各个方面急急忙忙地游过来，因为这岛上出产丰富的食品，足够供几千个这类奇怪的小东西享受。人类呀，你们有没有看见，他们正在你推我挤地簇拥而来吗？看啊，其中有几个正在乱哄哄地跳舞，好像人类在舞会中一样；而在这食物岛上的嘈杂，也正像人类在大饭馆里一样。

"再看这里！他们在表演大规模追逐！有的逃，有的追，像警察捉强盗似的横冲过整个的水球，从北极到南极。现在，他们已经消失在显微镜的边界了，也许他们已经沉到水点的海洋中去了。

"哦，谁会想到，在这不到半颗豌豆大小的一个小水点里，竟然别有洞天，满住了居民，过着和我们一样的生活！要不是这显微镜，我们就永不会知道他们的存在。小朋友，你们想想，要是遥远星球上的人，没有非常巨大的显微镜，可能也同样不会知道我们这个地球上的事情。我们这个小地球，与其他几百万星球比较起来，也不过是一个小水点呢。

"在水点中的小东西,懵然不知道他们的命运操在我们的手中,我们便是他们的主宰。只要用手指在玻璃上一擦,就可以把水点揩去,将他们一股脑儿毁灭了。要是水点上的居民能够看见我们,知道他们的命运是操在我们的手中,我想他们准会尊我们是上帝呢。

"现在再来看这里,这小世界已经发生了变化!看啊,它已经缩小了。室内的温热已经使水点在慢慢地蒸发。那是一个天灾。现在,这小世界里的居民只能拥挤在更小的空间里,世界太窄了,于是凶殴残杀的惨剧不断地发生。假使我们这世界突然缩小了一半,那么我们人类间也准会发生同样的事情。看哟,他们都在互相争斗,互相排挤。一个个都争先恐后地挤到水点的中心,谁也不愿意被撇在陆地上被活生生地干死。是的,这是天灾,同时也造成了人祸。战争和动乱就在这水世界里发生了。

"只是自然对于水点中的灾祸,却毫不为意。温热使水继续蒸发。现在这水点只剩下微微的一点了。其中的居民都纷乱地扭结在一起。你可以看见有几个已经一动不动地缩作一团,成为小点的微尘而躺在干燥的边界上了，而且这批灾祸的牺牲者越来越多，只剩少数的居民还在挣扎着。然而这是没有办法的事，即使他们在最后的小水潭中再多活片刻，死神还是全权控制着这个小世界，他紧紧地抓住一切，无论是快捷如飞的小船，或是柔嫩的轮状的小生物。结果是同归于尽，什么都完了。你看，这就是水点世界的末日。现在水点已完全干燥了，从显微镜里望过来，只剩下一点灰色的尘埃，所有住在水点里的活泼的小生物，已全都埋葬在这里面。我们再也看不见在水点海洋里飞驶的小船了，再也看不见转动着猎取食物的小轮子了。

"是的，我们真的看到了世界的末日！

"当然，这只是一个小世界，只是一个微小的水点，但是在其中的居民看来，却是整个的世界。对于这个世界的灭亡，于我们而言，谁也不会把它放在心上。其实，在其他星球上的人看来，我们的地球如果要在明天灭亡，可能也不值一提；因为地球也只是个小世界，太阳比之地球要大上好几百万倍。你在晚上所见到的灿烂的明星，何止几百万颗，简直多得像花园池子里的水点一样，这些明星大都和太阳一般大小，甚至比太阳更大。大自然只要用手指一蘸,就在太空中产生了一个新的星球;我乌拉波拉高兴起来,也只用手指向住满微生物的水里一蘸,就能在显微镜下创造出一个新的水世界。不过今天我不想再玩这个把戏了,因为一天里毁灭一个世界似乎已经足够了!"

第六章　鬼迷亨利

我们要去看乌拉波拉博士时，得走过一条黑暗而静僻的小巷，小巷里有一个古代僧侣的坟场，四周是些弯曲而高大的老树，风大的时候，树上常发出凄惨的悲鸣。晚上从这个地方走过，总有点阴森森的感觉，就是我们中年纪较大的，虽不信有什么地狱魔鬼，可也觉得有点恐怖。在那种时候，我们老是紧挤在一块儿，加快脚步在黑暗中走过这个地方，心里总也有些异样。

有一次，一个女孩子落在后面。她正走之间，忽见有一片白色的东西在坟墙上飘动。那其实只是从守墓人的晒衣绳上吹下来的一条被单，可也足以把小尤苏拉吓个半死了，她总以为是个鬼在追她。她赶上我们，尖声叫喊，直到碰见乌拉波拉博士和老克莉丝蒂娜时，她还呜呜地哭着呢。

　　老克莉丝蒂娜拿来了茶和糕点，把我们这吓坏了的小朋友安慰一番；但是乌拉波拉博士却拖着他的毡呢大睡鞋，嘴里唠唠叨叨咕噜个不停，他痛骂那种荒唐无知的思想，斥责大人把鬼故事讲给孩子们听，使他们不敢走进一间黑暗的房间。

　　"小朋友，"他说，"死了的人是绝不会从坟墓里跑出来吓小孩子的。他们安静地睡在地下，连足趾也不会动一动。世界上绝没有所谓'鬼'，可是世界上却有很多相信鬼的胆小鬼。现在我给你们讲这样一个信鬼的人。他也住在这镇上，是洪医生的车夫兼用人。有时候他得给洪医生驾车到乡下去看病，或给病人送药去，每逢在黑暗中他总看见鬼，因此人家给他起个诨名叫'鬼迷亨利'。

"这个笨家伙在洪医生看来，真是个讨厌的东西，无论你如何向他解释，他所看见的鬼其实全是些与人无害的东西，他还总是发现新的鬼。现在我要给你们讲几个他所认为可怕的鬼，让你们以后不会再相信这种荒唐的话！

"有一次，在一个冬日，斯坦堡地方的旅馆老板生了病。黄昏时分，洪医生差亨利送一瓶药水到森林里去。他出发的时候，天色还有一点微明，地面的雪也反射出相当的亮光，但是不久就渐渐黑暗起来了。亨利点着了大风灯，缓步行去，走的尽是上山的路。一路上平平安安，没有任何能使人害怕的东西。后来他跑出树林，走到一个空旷的高原上，那里正浮动着一层密雾。

"气候非常寒冷，亨利把风灯在雪地上一放，想戴上他的手套。当他刚把手套戴好，抬起头来的时候，大吃一惊，头发像缝针一样地直竖起来！在他的前面不远的地方，站着一个巨大的人，黑黝黝的一团，模模糊糊没有轮廓，像用黑纸板来剪成的一般。他的身体上什么都像屋子般高，从密雾中望去并不十分清楚。但他亨利是个真实的人，活生生地站在那里，却一点脑子也不动！

"'天啊!'鬼迷亨利叫道。他的脚好像在地上生了根,害怕那个巨人会错认他这无抵抗的行动是一种威胁,跑过来惹他。'天啊!这是个什么鬼啊?可惜洪医生不在这里,否则可以让他亲自来看看这种夜间在山林中往来的鬼怪。等到明天我告诉他的时候,他一定只是对我微微一笑说——乔青·柏塞尔,你这个人为什么这样笨!

"亨利斜眼睛望着黑色怪物。那东西宁神静气地站着,似乎在监视他的行动。亨利刚刚谨慎小心地伸了伸臂膀,那个黑色东西也立即把臂膀伸了起来,这可把亨利吓得灵魂出窍,急忙转身来想逃走,却不留心把他背后的风灯踢翻,把火也扑灭了。于是他就拿了药瓶,像野兔一般地奔下山去了。

"最后,他气喘喘地停在树林边,向四面一望。那巨人并没有追上来,连一点影子也没有。

"'讨厌!'亨利想,'可惜我没有把那风灯带了来。在黑暗的树林中摸索着走是有点麻烦的。我还是再爬上去把它拿了来吧。'他鼓起了勇气,伸了伸拳头,很小心地慢步走回高原去。他还能辨得出自己在雪地上的足迹……风灯也还好好地留在那里。这样看来,那魔怪并没有把这灯拿去,而魔怪也已不知去向了。只有那浓密的雾,还像一堵白色的墙壁似的飘在那里。

"鬼迷亨利掏出他的火柴盒,想把那风灯再点亮起来。他心里想,如果就此回去,没有把事情办好——让旅馆老板没有药吃,这可不好交代。他迟疑地盘算着,要不要再去冒冒险。这只消15分钟的路程,在这段时间里,也许那个黑色巨人会暂时离开吧。

"风灯又点燃起来了,亨利蹲在灯前,想装一斗烟来吸。他偷偷地向四周一望:'该死!那可怕的黑色的怪物不也蹲在那里吗!而且好像比以前更大了!'

"我们的亨利小心翼翼地站起来,那黑色怪物也站起来,高得直碰着天。现在自然只有逃走了!鬼迷亨利提起了风灯快步奔下山去,地下的雪沫被他扬起,在他背后飞舞。

"他跑了没多远,哎哟!他又看见前面出现一个黑色的影子,这一次是在他的前面,只是谢谢天老爷,这个比之前那个是小得多了!'今天真是该死了,'亨利想,两脚站定不动,'后面一个大鬼,前面一个小鬼!

"告诉我,是怎么一回事?"医生说。

叫你防不胜防。'后来那'小鬼'渐渐靠近了，忽然叫道：'是你吗？亨利。你这个坏坯子！'

"'我真是笨蛋！'亨利想，'这是医生！太好了，谢天谢地！'来人果然是医生！原来旅馆老板曾经差人来传信，他的身体越来越差，于是洪医生就只好亲自去跑一趟。他原想：'亨利一定是从山上回来了。'待他知道亨利并未到过那里，非常诧异。于是亨利就把他恐怖的经历说了一遍。

"'亨利，'医生说，'你真叫我生气！你这个人一天比一天愚笨，一天比一天胆小。现在同我一起走吧。天知道你这次又会看见什么鬼怪！在密雾里的一株矮树或一块岩石，你会当它是个黑巨人。记住我的话！只要你同我一起走，就不会有巨人了。'

"他们爬上高原，不久就到了方才亨利碰见怪物的地方。浓雾还是没有散，但是那个魔鬼却不见了。

"'告诉我，是怎么一回事？'医生说。

"'噢，是这样的，'亨利说，'我把风灯放在这里，戴手套，只见在我望着的地方就站着那个东西！'

"说着，亨利把风灯放在和以前同样的地点，指着前面，发出一个异样的叫声！

"'你看，你看，医生！他又在那里了，而且现在变出两个来了！'

"果然！两个巨大的黑影站在对面的浓雾中。医生擦亮了他的眼镜，再抬头望去，然后发出一阵大笑，笑得震天价响——*乔青·柏塞尔，你这个人为什么这样笨！*他对莫名其妙的鬼迷亨利说，'糊涂虫，这就是你自己的影子啊，灯放在你背后，你的影子自然投射到雾墙上去了；所以你其实是被你自己的影子吓走的！你只要摇摇臂膀，踢踢脚，就可看见那个黑色怪物也在模仿你的动作；它就是你的影子，不过这影子不像在太阳、月亮或路灯照着你的时候，投射在地面上，而是投射在你面前的雾墙上罢了，因为你的灯是放在地上的。'

"现在亨利完全弄明白了，他垂头丧气地走在医生的旁边，决定以后不再这样大惊小怪了。"

乌拉波拉博士敲出了他烟斗里的灰，又重新装满。"是的，"他说，"现在你们想，凡是所谓鬼的故事是多么靠不住啊！亨利所见的怪物，根本是山里所常见的东西，它的名称叫作'山魅'或'布洛根魅影'，布洛根是哈尔资山的最高峰,在那里山魅常常出现。一年中每当密密的雾绡(xiāo)围住山顶的季节,初升的太阳就把我们的影子投射在雾墙上,这种雾墙有时候离我们很远,所以那影子就显得异常巨大。你们必须明白,一个在浓雾中随风飘荡的、全无害于人的所谓魅影,是绝对不会作祟的。"

"乌拉波拉,"那个小姑娘问,"后来亨利又看见别的鬼吗?"

"是啊,他还看见别的鬼,尤苏拉!他真是个蠢东西,永远在发现新的鬼,好像是有人雇他专门在那里找鬼!有一天晚上,有个病人生了恶疮,需要用手术刀,他便去为主人取那些外科器械。他看见村子就在草地的对面,决定走近路,从草地上笔直走过去。附近有个很大的湖,还有几处沼泽。天色渐渐黑了,但是在远远的村子里射出稀疏的几点火光,亨利还不至于迷路,但他必须提防沼泽,否则陷在泥潭里就不能拔出脚来。他平安地走了一些时候,突然觉得诧异起来!在他的前面,有一个小小的光点在黑暗中跳舞,时而上,时而下,时而这里,时而那里,最后一直跳跃到他手边可以抓得到的地方,却又看不见了。

"与此同时,我们的亨利觉得自己已经迷了路,他脚底下的沼地正在摇摆。他向四周一望,看见他的后面有一缕淡淡的光。'咦!'他想,'那些是村子里的灯光吧,我几乎走错路了。'

"于是他就向着发光的地方走去,可是那个奇异的小光点又闪耀在他的前面,在空中离地不远的地方飞舞着。'滚开些,小鬼,'他说,'我要赶路!'

"那些他原以为是远处村子里的灯光,又涌现在他眼前。他开始觉得它们并不是固定的,在他的面前不停地跳舞。他换了个方向,只见那些小火点依旧在前面闪烁,并且还出现在他的四周。一种轻微的哀诉声,像沸腾的水汽从水壶中四溢而出,地面越来越软,跟踏在橡皮上一样。此外还有一种隐约的嬉笑声。他怕见这种鬼怪,于是急忙逃跑,那些在他面前飞舞的绿色小火点,就忽地闪避到两旁去了。但是新的小火点又出现在他的足边,像从地下爬出来的一样。

"可怜的亨利只好站定下来,全身发抖,靴子里满是水,怪光也明灭不息。那家伙被作弄得走投无路,不知怎么办才好。他完全迷了路，全然想不起村子究竟在哪一个方向。因为现在除了那些小小的绿色火焰在前前后后跳动之外，已经看不见什么灯光了。

"'这是些什么鬼把戏啊？'他屏着气说，'他们一定是什么妖精，或者是淹死在这个沼泽里的死人的灵魂吧。总而言之，他们一定是鬼，在夜间出现，并且用迷人的跳舞和闪光把人纠缠住，最终使人迷路。不知道主人洪医生对于这种鬼把戏，又要作怎样的解释。'

"鬼迷亨利毫无主意地站立了好一会儿，还是想不出办法，他实在不知道怎样去破解这进退不得的局面。有时候，这些小火点飞得非常近，甚至于可以伸手去捉住它们，他一连捉了几次，可是它们似乎都虚无地从手指缝里溜走了，并且感觉不到一点温暖。

"亨利大约这样又站了一刻钟，忽然听见有马车在石子路行进的声音从远处传来。谢天谢地，车子在慢慢地走近，不久他听见有两个人在讲话。最后，他已经可以看清楚不远处马车灯的红光了，于是他就不顾泥水飞溅，拼命地奔到车旁。

"'喂，喂！'他打着招呼。

"'喂!'车里的人回答。

"'这条路通向前面的村子吗?你们是不是上村子里去?'

"'对!你要搭车子,就请上来吧!'

"亨利立即跳进车子,心里想,这个机会碰得巧。

"'为什么你方才从沼泽中走出来,'一个农民说,'你迷了路吧?摸黑走这条路是很危险的,一不留心便会淹死在那里!'

"于是亨利把怎样到这里来,怎样被跳舞的火焰引入迷途,从头到尾讲了一遍。

"'喔!'农民们说,'那是鬼火啊。这些小鬼以前曾经欺瞒了不少人。他们引诱人离开大路,叫他慢慢地走进沼地,不声不响地淹死在那里。据说在好几百年以前,这村子里住着的人都很蛮横,有一晚天下大雨,村里来了一群饥饿的疲劳的乞丐,想讨一点吃的东西并找地方借宿,可村里人却把他们全都赶走了。后来这些乞丐走到沼地里都淹死了,现在他们的灵魂在夜间出来跳舞,引诱路人到沼地里去,把他们弄死。不过,虽然一般人都这样说,村里的小学教师却认为这些话全不可

靠，说鬼火没有什么神秘的！'

"'真该死，这些恶鬼！'亨利还是气愤愤地说，'对于这些恶鬼，警察该负一点责任！这些警察，除了夜里喝多了酒在街路上唱一支小曲以外，什么都干不了！'

"'是啊，是啊，'农民们说，'你的话说得不错！'他们喊着'驾，驾'，马就提起脚步向村子里走去了。亨利决定不把这个经历告诉洪医生，因为他知道洪医生听了一定又要取笑他……"

"我也看见过这样的光，"一个孩子说，"不过它们总在夏天晚上出现，而且都在门外的树林里飞舞，非常好玩，像是许多绿色的小灯，比针尖大不了多少。"

"喔，你说的和鬼迷亨利所碰见的鬼火不同，这些是萤火虫，"乌拉波拉回答，"在酷热的夏夜，萤火虫飞旋在小树丛里或者停息在草叶上。谁见了这些发光的奇异小东西都会喜欢的。至于鬼火，那完全是另外一种东西，而且是很可能把过路的人引诱到沼泽地带去的。因为只有在埋藏着许多腐败的动植物的低湿的地方，才会涌现出这种跳跃的小火焰。但这个现象非常自然，没啥稀奇的地方！因为在含有腐败的动植物的泥土里产生一种有腥臭的气体，叫做磷化氢。磷化氢碰到空气就会自己燃烧起来，成为那样的小小火焰光，浮游在低湿的沼地上面，随风飘荡，像是在跳舞一样。这就是通常所说的鬼火或磷火。你们看，它们其实并不是鬼。

"小朋友，世界上奇特的事情多得很，我们不能责怪没受过良好教育的人误解自然现象；但要是他们能对这些现象仔细观察一下，其实它们和天上的浮云或从谷粒里生出来的谷穗没什么两样。但是亨利则是彻头彻尾地'鬼迷心窍'！他坚信有鬼，即便年龄一天天大了起来，也始终不能抛弃这种信仰。俗语说接二连三，我方才已经讲过他两个故事，现在就把第三个故事也讲给你们听！

"在一个夏末的晚上，他从哈南克利穿过树林回哥斯拉来。夜晚的天气十分凉快，但是在树林中天色非常黑暗，天空阴郁得像要沉下来一样。树枝间有一种折裂的声音，这在多疑的亨利自然要产生各种愚笨的想法了。

"突然他听见一个惊骇的叫声和沉重的振翅声，就在他前面不远有一个奇异的东西。

"它有人一样高,从头到脚闪出一种奇特的黄绿色的光。它的头很大,形状却十分难看,所能看见的只是一对巨大的黑眼睛。一大丛毛发披在它的前额。树林里虽然静悄悄的连风息都没有,这些毛发却在不住地晃动。它臂膀粗大,颜色好像黑炭,展开了像是要拦住亨利的去路。这怪物的叫声非常可怕,有时候像小孩子那样哇哇地叫,有时候只是凄惨地呜咽着。

"鬼迷亨利越是望得长久,那个鬼所发的光在黑暗里就越是明亮,于是他久久地待在那个地方,不敢走过去。

"然而他心里却在诅咒这个'不讲道理的恶鬼',这个东西四肢一动不动,只有头上的毛发在发光的前额上往来飘拂。它的两臂还是照老样子张得开开的。

"浑身发抖的亨利忽然把手杖也掉落了。那个鬼发出一声尖厉的惨叫,同时好像有什么东西向亨利扑了过来。但是接着他并没有再听到什么声音,也没有再看见什么东西!他立刻把身体转过来,拔起腿来就跑,惊叫着穿过树林,因为逃得太快,脸孔被小树枝打得生疼。

他跑了好一段路，才敢停下来重重地喘一口气。然后横过伐木人新辟的小路，沿着树林外围兜了个大圈子，很晚才回到家里。他已经弄得筋疲力尽，连肚子也饿透了。

"'这一次，'他说，'我可把那个医生难住了！我要告诉他树林里出了个怪物，吓得我把手杖都丢掉了。以后我死也不愿意再做这种夜里跑腿的工作了。我倒要听听，他对于这个新的鬼又有什么话好讲呢！'

"第二天早晨，他果然又把遇见鬼的事情以及未来的要求都讲了出来。老医生素来相信他是个好人，现在提出这样的要求也无非是受到惊吓而已，不想再去用话来激怒他，于是说道：'很好，亲爱的亨利！今天晚上我们可以一同去，因为我无论如何一定要探望哈南克利那个患病的小学教师。如果我不能向你当面证明那东西并不可怕的话，那么你一定可以称心如意——不必再带了药品到树林里去跑夜路了。然而如果这一次依旧证明你是个胆小鬼，我就只有说——乔青·柏塞尔，你这个人为什么这样笨！'

"到了晚上，他们一同出发，不久就到了昨晚亨利被吓跑的地方。在这条树林里的小路还保持着原状，亨利的手杖好好地躺在地上，在十步外有个老树桩已经折裂腐烂，现只剩了一半。树桩后面是一棵小松树，它的枝杈伸展在腐败的树桩后面，树桩的顶端生着一丛下垂的凤尾草。从撒在那里的种种垃圾和羽毛看来，医生知道曾经有一只小鸮①（xiāo）在这地方栖息过。

"'哈哈！'医生想，'原来这就是他所见的鬼。'接着他笑着对亨利说：'你来看，亨利，这就是愚弄你的讨厌鬼。烂木头在黑暗里往往是会发光的，那两只眼睛只是生在那里的两片苔藓，毛发就是凤尾草。你认为的手臂是树桩背后的大松树枝，还有悲叫的声音是小鸮发出来的，它原来躲在树桩上，使毛发飘动的也正是它。在你掉落手杖的时候，这鸟儿就惊叫着飞去了！你所谓的鬼就是这个样子。'

"亨利虽然已经将信将疑，可是他还是固执地强调自己看见的的确是一个鬼。'它所发的光亮实在太奇特了！'他说，'但是如果那老树桩今晚上依旧会发出这

---

① 苍鸮，鸮形目夜行猛禽，其叫声奇异，很容易使胆小的人听了害怕。

样的光，那么我就真心相信是我弄错了！'

"不久，医生公干完毕，他们俩就一同回家。当他们行近那棵腐败的木桩的时候，果然看见它发出很明亮的光，连医生自己都未曾亲眼见过这样的现象。'现在你看，我的话一点也不错！'他说，'你把它砍下一些来带回家里去；它会发生很强的光，在夜里你可以对着这光去看表。现在让我来解释给你听，有许多菌类是会发光的。腐败的鱼和肉在暗处能发光，特别是在温暖的时候，就是因为有许多发光的细菌寄生在上面。这个老树桩上缠着无数菌丝，它们既使树木腐败，同时又使腐败的物质发光。这个道理不难懂吧，是不是，我的朋友？但我知道这些话对你没有什么用，因为你还是要去发现新鲜的鬼的。所以还是那句话——乔青·柏塞尔，你这个人为什么这样笨！'"

第七章　潜水员杜兰德

　　老乌拉波拉的屋子可以算得上是一个真正的博物馆。它矗立在哥斯拉的佛兰根堡平原上,光光的石板屋顶,五彩雕刻的梁柱,小小的窗子,都显得非常古老而奇特。这屋子从地下室到屋顶都塞满了书籍、仪器以及各种收藏品,到处都是铁封皮和白铜锁的古老的箱柜。据女管家老克莉丝蒂娜说,里面尽是些"没用的劳什子",不过她其实根本不知道这些劳什子到底有什么用处。这些箱子里装的是不常见的贝壳和甲虫、成为化石的动物、死人的骸骨以及鸟类标本；还有老式的表和航海仪器、扩大镜，珍稀的货币和邮票；甚至有印第安人的鸟蛋、弓和箭以及原始民族所用的刀。

此外还有些特别的东西。在这古怪老人的书房里有一个极奇特的橱。橱窗玻璃的背后，遮着一个绿色的幕；从外面望进去，看不见里面是些什么东西；但是有时候，他看见我们小朋友来了，就要把橱里的东西检点一下，在这种时候，我们才能看见里面放着的各式各样的物品：一对非常特别的烟斗、一把巨大的钥匙、一柄铁锈的宝剑、一支本来用作钢笔的鹅毛管、一件绿色的背心、一个棕色的空瓶，还有骨骼、从棺材盖上落下来的金属片、古老的焦黄信件、小小的月桂冠以及许多其他的东西。

"这是乌拉波拉博士的纪念橱，"老克莉丝蒂娜曾经告诉我们，"在他检点古董的时候，你们不要去打扰他，因为这里面的每一件物品，或者记录着一桩奇特的经历，或者是已去世的知名人物遗留下来的。"

一天，我们又去看他，他刚巧站在旧橱的前面，正透过巨大的玳瑁边眼镜检点一个锈了的铁栓。我们悄悄地来到他的旁边,不敢惊动他,不明白他能在这片烂铁上看出些什么东西来。突然,他转身说:"你们看,小坏蛋!这段铁很有渊源呢。它曾经躺在海底下,救活了一个人。这个人是我的朋友。他的名字叫约翰·杜兰德,是个潜水员。你们帮我到山上割来许多青草,作为回礼我给你们讲一讲这段烂铁的故事,就用杜兰德自己的话讲吧。"

老人踱到高背的安乐椅边,照例安闲地吸了鼻烟,打了两个喷嚏,然后开始讲述。

"碰见潜水员杜兰德的时候,我还是一个小孩子。我父亲最初是在一次往南非的长途航行时认识他的。父亲是这船上的医生。在那个时候,还没有火车、轮船,往来于国外各地的只有巨大的帆船。杜兰德是一个经验丰富的海员,他高个子,阔肩膀,面色粗黑,蓝色的眼睛嵌在棕黄色的脸上,左耳上戴着一只金耳环——那是海员的老规矩。"

"他一共在我们家住了三整天,日夜和我父亲漫谈着早年航海的故事。一天晚上,外边下着大雨,风嘘嘘地从门缝钻进来，母亲跟我们坐在一起，做着活计。父亲同他喝着暖烘烘的酒，当时潜水员就拿出这个铁栓来，讲了一个有趣的故事。"

"医生，昨天我答应告诉你关于我在伊萨贝拉号上的经历，我想现在是一个很好的机会。好，你听着！那是在1822年，我在直布罗陀和威德角群岛间执行任务。这是一条蕴藏丰富的水道，有许多很好的船都在亚速尔群岛、马得拉群岛、加里群岛或威德角群岛附近沉没了；一个能干的潜水员经常可以在那里摸到一袋银元。那时候，我在美丽的马得拉岛的芬查尔地方工作，那里海港的很多工作都需要潜水。一天晚上，著名的老潜水员柯克差了个人来，说是有一艘大帆船从葡萄牙都城里斯本开到马得拉来，昨天夜里已在波多桑多的东北方位沉没了。奥尔·柯克要我去商量这件事。

"我当时正和我的同伴坐在巴洛马酒店里喝甜酒；我们打着纸牌，拼命地抽着烟，浓密的烟雾把室顶油灯的光都遮住了。于是我对在座的同伴说，'诸位，辛辛苦苦做了一天工，得到了酒喝，得到了烟抽，还有什么

一艘大帆船从葡萄牙都城里斯本开到马得拉来

可忙活的？如果那老水鬼以为我肯去波多桑多打捞那艘沉船，他可就想错了。老弟，你就把这些话告诉他，现在先去叫一磅甜酒喝喝，我请客。'

"来人听了我的话，喝得醉醺醺地走了。

"我们打了约一小时的纸牌，突然，门开了，那个胖得像酒桶般的奥尔·柯克出现在浓厚的烟雾里。

"'诸位，'他说，'我差人来邀杜兰德，他不肯来，所以只好亲自出马了。'说着他在宽大的橡木桌子边坐了，喘着粗气。

"'老板，'我高声叫道，'快来一大杯最好的酒，敬我们这位大名鼎鼎的奥尔·柯克——热带地区最有本事的水鬼。'

"于是我们就开始痛饮，放肆地吞云吐雾，直到对面望不见人。到了半夜，老水鬼忽然悄悄地说：'好，那么明天早上我们就乘了潜水船去探察那艘沉没了的伊萨贝拉号。它沉在80米的深处，如果你约翰·杜兰德不下去，那就没有人能下去了；尼尔斯·尼尔森虽然也勉强可以下去，只是他已经生了好几天的病，据说他的胃还得修补修补哩。'

"'80米！'我说，'那可相当危险！这种情况下是难以呼吸的。而且我没有心思去做这样的事！这伊萨贝拉号究竟有什么值得你这样忙活，难不成上面装着大批金条？'

"'孩子，'那老水鬼说，'你不知道我奥尔·柯克是无利不起早的吗？现在这事，不只有普通的收成，葡萄牙政府还有一笔特别的奖金呢。'

"'他妈的，事情很麻烦啊，奥尔·柯克，不过能进账倒也不错！'

"'可不是！你听我说，事情的经过是这样的：伊萨贝拉号从里斯本开来，船上载着个大亨，总之是什么大使之类的，他带着一些重要的文件，要送交岛上的政府。船上还载着些兵器和火药。估计夜间出了爆炸之类的什么乱子，那船很快就沉了。波多桑多守灯塔的人在那一夜曾亲眼看见海上有一阵炫目的闪光，还听见一声巨响，应该和这件事有关系。现在葡萄牙政府愿意出重金来取回这批文件。今天他们的代表来找我，叫我找一个得力的潜水员。我告诉他们，80米的深度可不是闹着玩的，人的心肺不是牛皮做的，怕有点抵挡不住。我只

知道有一个人也许可以一试,他叫杜兰德,大概上帝本来要把他造成一条水牛,只是拿错了泥土和骨骼。'

"'说得好,'我的朋友们都大笑起来,'这句话说得真是贴切呀!'"

"那狡猾的老狐狸见我还在迟疑,考虑是否要去担任这工作,便说出了一个新鲜的故事来:'喂,朋友。我年轻的时候曾经做过好几次这样的事情,那时候的潜水衣和空气泵远不及现在的考究呢!不过现在人老了,不能再干了。可是,我倒很想去冒这次险。因为伊萨贝拉号上有一个年轻的女人,她是接两个孩子回西班牙去的。两个孩子跟她的军官丈夫住在一起,不过军官最近死了。现在,这年轻的女人又跟着那艘帆船一同沉到海底。可怜啊,岸上的那两个孤儿就只能整天站在灯塔里,泪汪汪地望着那个夺去他们母亲的茫茫大海。那女人的身边也许还带着一笔现款,如果也能够找到这笔钱,那可真是一件功德无量的事呀。被大海欺负的孩子,不由海员来帮忙,还能叫谁去呢!'

"'奥尔·柯克,'我说,'你像律师一样会讲话,真能把死人说活过来。好吧!叫孩子们看看,一个海员可不光会喝酒。我愿意下水到伊萨贝拉号去，不过有一个条件，就是你得亲自去管理潜水船上的工作，因为即使有极微细的事情安排不好，都会发生生命危险的。'

"'那还用说，我的朋友！'老柯克怡然地说着，用他巨大的手掌在我背上重重地拍了一下，那手掌犹如钢铁一般硬。'现在，大家快去睡一下。我们明天一天亮就得开船。'

"于是大家都摇摇摆摆地走开了。外边很黑而且有雾，但是老柯克的紫铜色鼻子却像是船上的吊灯，在黑暗里面闪闪地发光。"

乌拉波拉说到这里，停下来装了一斗烟，老克莉丝蒂娜给我们拿了些茶来，又给她的主人戴上一顶睡帽，然后把炉火拨旺，自管走开了。

"像这样的工作是十分危险的，小朋友。"老人又开口说，"普通潜水，只能在很浅的地方，但要潜到海底可是了不起的事。在杜兰德的那个时代，潜水还很危险，他不大愿意去找寻那艘躺在80米深处的沉船是可以理解的。

"但水下的工作为什么会这样困难呢？那是因为海水对于人体的巨大压力！你们记住！我们其实都住在大海的底下，那个海就是'空气之海'，空气高达好几十公里，它永远压着我们。如果我们四周没有空气的话——像在月球上那样——那么我们的行动就能轻快不少。

"然而水差不多比空气重800倍。请想一下，你提着空桶去打水和提着满桶水回来时的区别吧。潜水员下海的时候，巨量海水压在他身上，他入水越深，压力越大。这个压力对于人体有害，因为人体结构是适于在地面上生活而不适于在海里生活的。水的压力会对人的心肺功能造成损害。所以以前的潜水员多患有目盲、耳聋以及心脏病等疾病。

"如果你把一个空罐头沉入海底，然后再把它提起来，你就会发现那个空罐头已经压扁了；若是一个软木球，甚至会被压得像一枚硬币；不过这个罐头必须沉到水下几百米深的地方才行。是的，孩子，海底很深呢。例如在日本群岛附近的海沟，最深处可达10000米，如果你把世界上最高的山峰——就是中国的珠穆朗玛峰放到海底，它也露不出头来，因为珠穆朗玛峰的高度只有8882米①。

"你们想想看，潜水员至今还不能潜到100米以下呢②。然而躺在这样的浅水中的沉船能有几条呢！所以船一旦沉到了这样深的地方就将永远留存在那里了，我们很难再见到它。

"现在，我继续用潜水员约翰·杜兰德自己的话讲他的故事。"

"第二天早上，太阳一出我们就齐集在潜水船上了。我的朋友尼尔斯·尼尔森、奥尔·柯克以及奉命参加这次潜水工作的全部人员都到了，还有远道而来的葡萄牙官员，他们带着死去大使的照片。就在我们要开船去波多桑多的时候，忽然有个修女领着那两个失去母亲的孩子来了。照情理推想，孩子的母亲大概已跟伊萨贝拉号一同沉入海底了，因为出事以后，并没有什么救生

---

① 2005年5月22日，中华人民共和国重测珠峰高度登山队成功登上珠穆朗玛峰顶，再次精确测量珠峰高度，新高度为8844.43米。——编者注
② 现在已能达到更大的深度。——英译者注

船在附近靠岸，所以我们只能假定这乱子是在夜里发生的，而且很突然，以致没有一个人能够逃得出来。

"'孩子，'老柯克叫道，'这位叔叔就是要去你母亲的出事地点的！他要去把她所带的东西全都拿回来还给你们。你们该祝福他，祈祷上帝保佑他。他是个勇敢的家伙，这次潜水完全是为了要帮助你们！'

"两个眼泪汪汪的小孩子喃喃地祈祷，修女画着十字，祈祷着潜水顺利进行。于是我们就开船离开了芬查尔湾。

"我们的船向北航行。空气还很凉爽，水面上笼罩了一片薄雾，远处时时有一对对帆船出没，像是白色的蝴蝶。只有一阵轻风拂过光滑的蓝色海面；这正是潜水的最好天气。

"到了波多桑多，守灯塔的人跑上船来，告诉我们伊萨贝拉号大概的沉没位置，我们立即开到那个地点。那里离陆地很近。我们抛下一个锚去，差不多触及海底，然后慢慢地向各个方向巡行，搜寻了约一小时，就觉那锚钩住了什么东西。我们把锚拉起来，绕着这障碍物的四周巡行着，不停地用锚来探测它的位置。毫无疑问，那艘沉船就躺在这里。一次，那锚抓得很牢，当我们把它提卷上来，只见它的钩子上套着一个滑车。哈哈，这船发现得这样快，真是出乎我们的意料。我们把潜水船停下来，抛了好几只锚，接着奥尔·柯克就率领全体船员去精心安排潜水的预备工作了。

"你得知道，我们潜水员在海底下，整个生命都依靠从水面用泵通过皮管压下来的空气，如果皮管或泵万一有了损坏，除了立即升上水面，就只能永远葬身海底了。然而要很快地升上水面是很危险的。不过，谢天谢地，毕竟器械损坏不是常有的事。这次给我供给空气的泵早已经过严密检查，还派一个可靠的人来管理它。然后我由奥尔·柯克扶持着，安心地穿上了潜水衣。这件潜水衣差不多还是新的，密不透水。在手腕和脚腕部分都由橡皮袖紧紧绷住。接着他们给我穿上一双笨重厚铅底潜水靴。穿了这双靴子便可以在水里稳稳站定，否则就会像轻飘的木偶那样一碰就倒。

"最后我又戴上一顶圆圆的铜制潜水盔，把头部完全包住。这盔紧紧地旋在潜水衣上面的铜颈圈上，外面又套着一圈橡皮以防止漏水。此外还缚上一条腰带，带上挂一把刀子,用来防备鲨鱼和其他危险动物的袭击。这样我们就把一切都预备妥当了。

"奥尔·柯克已经把气管接在我的铜盔上,尼尔森也拿住盔上的厚玻璃面甲,正要把我隔离在人类世界以外。这时候我赶紧攫取我亲爱的烟斗,猛吸了几口烟。'老尼尔,'我说,'我这一次下去,结果不能预料,也难说以后是否还能吸到这样的一斗烟,所以我应该趁着好太阳割草,勿失机会!'

"'潜水之前,我也会有这种想法。'老柯克说,'你记好,孩子!拿到了船里的账簿和文件就可有一笔很大的外快,至少够每个人分一大桶甜酒和一箱荷兰烟草的!千万不要忘记把这些东西带上来!'

"那个葡萄牙人本来只是站在旁边好奇地看着我穿潜水衣,这时却走到我面前来。他戴着单片眼镜和礼帽,在我们水鬼看来样子十分奇特。'杜兰德先生,请你再看一眼卡勃雷拉先生的照片。敝国政府曾经悬赏西班牙银币1000元,征求他身边所带的那些文件。你开始工作吧,祝你平安!'

"我点了点头,答应必定尽力做去。'西班牙银币

1000元。'我听见奥尔·柯克在自言自语地说。他一定在盘算着这笔钱可以买多少桶甜酒，因为他噇着红色的弯鼻子，带着一点疑惑不决的神气。

"'预备！'我喊。

"铜盔的玻璃面罩是旋上了。管理压气泵的人立即着手工作，柯克把救生绳（潜水员在水底拉这绳子，可以凭拉的次数来跟水面上的人传送信号）缚在我的腰带上，然后我拖着沉重的铅靴，从悬在船边的绳梯上爬下去。

"在下水以前，我最后看见的就是那个戴单片眼镜人的大礼帽。到了水里，从潜水衣外传来了一种寒冷的感觉。我抓住了绳梯的末端，把它用力一拉。船上的人就小心地把我缓缓地放下去，越沉越深。我的四周尽是些翠绿的清澄波纹，头顶上面有一个黑影，那就是潜水船的龙骨。

"我非常缓慢地下沉，时时在水中一动不动地停留一下，因为潜水员在下入深水之前，必须使他的心和肺逐渐适应慢慢增大的水压力，这是十分重要的。水像玻璃一样透明，我能够看见小小的鱼类在远处闪动。不久,我已能望见下面有一个明显的黑色的东西,躺在黄色的泥沙上。这显然就是那艘沉船了,不过它离我很远,不能够看得十分清楚。

"我渐渐地沉下去,还是时时停一下。周围越来越黑暗了。就是在清澄的水里,到了30米深的地方,即便是白天也暗得像陆地上的黎明时分一样;到了80米深的地方,你就看不见什么东西了,只有在最好的天气,太阳才能射得到这样深的地方。

"但是在海底的泥沙上却还有一点亮光,沙里掩盖着银光闪闪的贝壳和贝壳的碎片,倒也不觉得特别黑暗。我们潜水员在这种光亮下工作惯了,就像鼹鼠那样能够在黑暗中看得见东西。

"海底的地面并不都是平整的。有一次,在英国的沿海一条大河的入海地方,河水流泻,冲积成一大堆的沙泥,那里满是黏软的烂泥,你站上去很容易往下陷。还有些地方的海底像个荒野的树林,到处生着缠绕的藤蔓,你跑过去会被缠住,随时都可能发生惨剧。但也有些地方是山地,底下是高低不平的;有深坑,有岩壁,还有从幽暗的深谷中高耸起来的珊瑚礁。

"老柯克这一回做事的确很小心！大约在8分钟以后，我的脚才踏着了海底。我拉动救生绳，把这消息告诉在水面上的朋友。

"伊萨贝拉号的黑色的船身很明显地横在离我大约20步的地方。它斜躺在沙滩上，桅杆阴森森地矗立着，帆布和桅索悬垂在下面。'你现在终于到了海底，朋友，'我对自己说，'要安全回到海面上去就得非常小心。要干得快，可不能干着急。'在这样深的地方，潜水员是不能过度劳累的，不然5分钟后他就会疲惫不堪，要想保命就得立即发送上升的信号。我抓住船边垂下来的绳子谨慎小心地慢慢爬上甲板。我两次看见遇难的水手，可是我并不停留，这些可怜的家伙早已逝去，而在海底的时间可是十分宝贵的。我在海底最多只能停留一刻钟，然而在这一刻钟里我得做多少事啊！

"在甲板上看不见有什么船长、大使或孤儿的母亲，他们大概都在甲板下面。我小心地不让我的气管和救生绳被帆索缠住，向通往下甲板船舱的梯子走去。但是我下不去，伊萨贝拉号是一艘过时的老船，当船身下沉时，有些木桶和梁桁滚下来把升降口梯子下边的小门塞住了。而我又立即发现了另一个入口，那是一个小舱口，装着一扇可以上下启闭的机门。下边有一个陡直的梯子直通下层，我就留心地爬了下去。那里很黑，但不久也就习惯了。在通道一端是船长室，船长本人并没有在那里。我只看见小方桌下面有一只铁柜子，里边显然放着钱箱和船上的文件。

"我决定先把这铁柜带上去再说。在陆地上，像这样笨重的东西，要两个壮健的人才拖得动，但是在水里面，一切东西都减轻了。这好像水要把闯进去的陌生人推到地面上来一样，而这个推动力，就是物体在水中容易被提举的原因。这样我就把那只大铁柜一直拖到舱口，再从陡直的梯子把它拉上去。等它到了舱顶，我就发了个信号，叫他们挂下一条绳子来。不一会儿，一根绳子悬着重物坠到我的身边来。我把箱子缚好，然后拉了拉绳子，在水面的朋友就把这箱贵重的财物慢慢地吊上去。我看着它消失在我头顶的绿色的亮光里。

"这时候我对于幽暗的光亮已经很习惯了，我能够清清楚楚地看见我四周的海洋生物。各种奇形怪状的动物在我旁边游过。还有许多动物躲在沉船的复滑轮中间，好像在窃听着什么一样。一个大口的塘鹅鱼悄悄地游到我身边来，它的形状十分奇特，约有半米光景长，看去像个大水勺，它的大嘴巴差不多占了身体的全部。这鱼的颜色像猫一样黑，狡猾地望着我的铜盔。显然由于看见我有点陌生，不久就慢慢地游开去了。可爱的海葵和水母闪着五彩的光，它们的柔嫩的身体差不多是透明的，脆弱的手臂向各处浮动，在捉捕着什么看不见的东西，好似是用五色玻璃来做成的玩具。生着五条长臂的大海星，悄悄地滑过，可怕的深海蟹突着眼珠，划着乱七八糟的脚，跟随在海星的后面。一只长脚的海蜘蛛偷偷地走近我，一群银光闪闪的小鱼在我的周围游戏，像蚊蚋等小飞虫在河边杨柳间穿梭一样。此外还有个可怕的家伙——生活在泥中的黑色鲛鳏鱼，看去像一只形状古怪的皮袋子。在它的头上生着一条细长的触须，像马戏团中的小丑顶在头上的孔雀毛一样，大嘴巴中生满了尖锐的牙齿。你还可以时时看见会发光的深海居民，它们发出一种淡淡的黄绿色的火，像是火柴头上的磷光。在我的四周全是些匍匐爬行的生物，有着最稀奇最古怪的形状和色彩。自然的画卷在一幅幅移动，奇异珍稀的

我能够清清楚楚地看见我四周的海洋生物

动物看去宛若杂色的鲜花。

"凡此种种我也只能稍稍浏览,因为我的时间很短促。我又爬下舱口的梯子,但是不留神在陡直的狭梯子上一滑,却把绳子轻轻地拉动了。突然背后砰地一响,四周顿时变得更黑暗。我心里一怔,抬头望去,吃惊地发现那扇机门已经合上了。我的心怦怦地乱跳,弄得手足无措,时时刻刻担心空气供给的阻塞,因为在机门合上的时候,那条气管显然被轧住了。我赶快爬上梯顶,竭尽全力推着机门,几次都丝毫未动,好像有个魔鬼坐在那里。好在空气的供给还是照样通畅,我探过头去仔细一望,看见有个铁栓把机门扣住,使它不能够完全闭合。那里还留着像拇指那样厚薄的一条缝,所以气管竟没有被压瘪,否则我早就被闷死了。虽然这样,我也像是被关在水牢里,毫无得救的希望。那救生绳张得很紧,我已经不能够再发信号给水面上的同伴求救了。情况越来越危险,因为我已经不能再在水底下多逗留了,我的颞颥骨①边卜卜地跳动,耳朵里嗡嗡地在响,这些都预示我的身体已经吃不住水的压力了。"

---

① 颞颥(niè rú),头部的两侧靠近耳朵上方部位。——编者注

"小朋友，"老乌拉波拉说，"这时候潜水员觉得为纪念那危险的时刻应该重新勾兑一杯烈酒。他拼了一杯很浓的酒，只用了少量的糖和水。但是在那个时候，我也同你们一样，是个无知无识的孩子，只是张大了嘴巴专心地听着，就像坐在那边的汉斯。潜水员又慢慢地装了一斗烟，出神地回忆着过去的情形，最后回过神来发觉自己并不在船上，就继续讲他的故事了……"

"在这以前，我也曾碰到过不少危险的事情，每次都能平平安安地脱险，但是这一次却是我一生当中最惨痛的遭遇。我久久地望着那个铁栓——那个我生命的救星，心想如果我能逃脱这险境的话，一定要把它扭下来带在身边。等到上面的人知道出了乱子，恐怕要隔好长的一段时间了。还有个需要担心的问题，就是那个唯一敢潜水到这个深度的尼尔斯·尼尔森能不能来援救我。各式各样悲惨的图画，一幅一幅在我脑海里放映着。我想起了许多朋友，他们都是碰到了类似事故惨死的。其中有一个把头缠在绳箍儿里，他的同伴拖他起来的时候，恰好把活结抽紧使他窒息。上面的人发觉之后，才由另一个潜水员下水去把尸体带上来。

"这时候我渐渐安静了下来。一切悉听天命。为了抓紧，我又开始工作。我切断了把我缚在机门上的救生绳，急忙忙跑到舱里。在第三间舱里，我找到了那个来领孩子回家的女人。她穿着完整的衣服，躺在门边，看情形似乎因突发情况紧紧抱起盛有最重要财产的袋子。虽然是死了，她的脸孔却还并不可怕，不过由于怀念她的孩子，流露出一副无限悲苦的表情。在她的桌子上，我看见一本日记簿。在日记簿里，她记下了这次旅行的印象和对孩子的思念。在最后摊开的一页上有一首短诗，是她在死前不久看见陆地的时候写的：

落日金黄色的光芒已经销尽，听远处拍岸的涛声！温和的南风争向帆间投宿，在深沉的暮色里遍布着黄昏的宁静。早晨的微风在舟前嬉戏，惹人的是林地的青葱和壮丽，让白帆在空中飘拂翻飞，抛下了锚，谢上天的美意！

"我读这几行诗的时候，心里异常难过，更加意识到我自己绝望的境遇。这位母亲永远不能达到近在眼前的港口。谁知道我自己是否能够再见这个港口呢？

"这时我突然吃了一惊！怎么一回事？我耳朵里听见一阵响亮的钟声，接着又听见有什么东西在旋转，一种沉闷的噪声充满了整个房间。我吓得忘记了四周的一切，急忙向通道的梯子边奔过去，像着了魔一样。后来我渐渐清醒了。一支活泼的舞曲还余音袅袅地追逐着我。突然那旋转声又响了起来，但是等到这个噪声一停，船中还是照样死一般的静寂。我跑了回去。'老朋友，'我对我自己说，'世界上一切事情都顺乎自然。这里除了你自己之外，没有一个活人，死人是决不会奏乐的。'我向四周一望，立刻在女乘客舱门附近发现了使我惊吓的原因。那里悬着一架巨大的八音钟，钟至今还在走，每隔一小时，就奏一支乐曲。你得知道，声音在水里远比在空气里来得响，传得远。由于船中全装满了水，声音在这无限的静寂中的就更加有力（尤其是你料不到会在这地方听到音乐），结果差点把我吓瘫。今天想起这件疯狂的事情，真正可笑，但是在当时真以为是着了魔；等到我神智稍稍清楚了以后，我就拿了妇人的日记，提了她的行囊，再跑到梯子旁边，我已经觉得身体有点支持不下去了。我很明白，我在水底下的时间已经终了。我的头像大提琴一样嗡嗡地响着，鼻子开始淌血，四肢沉重得不能动弹。我在梯级上坐下，差不多要昏过去的样子。在我四周的东西，都好像在模糊的绿光里浮动；面前好像是一个绿叶的海，波涛汹涌，在我眼睛里缭乱地闪动着。此外还有一种奇特的悲伤韵律，在我的耳朵里单调地唱着。这无非是那种呼出的空气从铜盔的排气阀逸出成为气泡的缘故。但是我的心神非常混乱，我已不能辨别一切的东西，一切的原因了。

"猛然间，我觉得像从大梦醒来一样。在我的上面有一种敲击的声音，接着是一阵震耳欲聋的噪声——破裂声，似乎房坍屋倒了。一直到事后我才明白这声音的由来。尼尔斯·尼尔森已经来搭救我。他看见舱口的气管和救生绳的一端，又看见在关闭着的机门上横着一块不知从什么地方落下来的铁件，便明白我为什么不能再发送信号。他好容易拖开了那铁的障碍物，挪掉了挡路的木料，又在舱口插上一根铁棒，设法把机门撬开来。所有这些噪声，经过水的放大，强度增加了几百倍，在我这个奄奄一息的人听来，像惊雷一般。

"我的朋友把我拖起来，用绞盘机上悬下来的绳子，缚在我的裤带上，然后发出一个上升的信号。我用僵硬的手指抓住了那藏有孩子财产的行囊，好像有人要来夺去一样。这样做完全是下意识的，但在我疲劳的大脑活动中最后的想法，就是我必须尽力把这份财产安全地带给那两个孤儿。后来我就被非常缓慢地提举起来，仰卧在水中，像一只没有知觉的袋子。

"缓慢地提举，正是老柯克谨慎的地方。正如你下深海的时候不能过于迅速，避免水压突然增加一样；在离开高压区域的时候，也不能过于迅速，因为人在水底时，他身体上的器官已与四周的压力相适应了。许多潜入深海的人都由于对这件事情太过疏忽，才遭到了不幸！起先是各种器官的麻痹，其次是空气泡渗入心脏和血管，最后就引起死亡。

"但是结果我终于升上水面了；他们拉我到船上，旋开了铜盔，把我仰放在甲板上，晒着太阳，疲劳的感觉消失得像来的时候一样快。我又得见天日了，一阵暖风拂过我，畅快的、清净的空气流进我的肺部，海鸥啾啾地飞在船身的四周。奥尔·柯克蹲在我的近旁，戴着礼帽和眼镜的葡萄牙人站在一边，似乎在想——潜水真不是一件简单的事情。

"'孩子，'奥尔·柯克把咀嚼着的一大口烟草很熟练地隔着绞盘机吐了出去，'老天，你究竟碰到了些什么事？我们大家都以为约翰·杜兰德已经做了鲨鱼的点心了！'

"'有没有把那文件带上来？'葡萄牙人踌躇地问。

"我摇了摇头，只把我在水底下的遭遇很简单地说了几句。船上的钱箱已经带上来了，那母亲的财产也已保全了，只是那讨厌的文件却还在水底下。于是老柯克立即吊下一块石板到水底下去，上面写着：'尼尔森，搜寻葡萄牙的文件。'

"通过下边救生绳的扯动传来了一个信号，表示我们在沉船中徘徊的同伴已经接到了这个指令。

"我依旧穿了潜水衣蹲在甲板上晒太阳，并且重新感觉到抽烟的滋味。

"'那是一桩麻烦的工作，孩子。'老柯克说，'你已经完成了最大的任务。要是那扇倒霉的机门不被闭上,那些文件现在也早已到了我们的手中;不过要不是那铁栓,你恐怕已经升天了,正衔了你的泥烟斗和天使们在一起呢。不过要真是如此,老柯克也不能买甜酒来给你举杯祝福了。'

"老柯克高兴地啰嗦着,但是我听着那空气泵阴沉而单调的噪声渐渐疲倦起来。因为这时尼尔森还在水底下,为了维持他的呼吸,打气的工作是不能间断的。

"我大约熟睡了一刻钟,忽然被一阵急速的脚步声和激动的语音所惊醒。我听见老柯克的声音:'今天真是见鬼。'他大声嚷道,'我已经担心了好久,为什么尼尔森胆敢在下边逗留这么长的时间,我见他没有送上信号来,就把那救生绳拉了三次,却一点回音都没有。我拉了又拉,可是始终不见有回复的信号。尼尔森在这倒霉船上怕是凶多吉少吧,朋友!在这次的潜水中,想不到两个最好的潜水员都受魔鬼的捉弄。但是我老柯克不能眼看着弟兄在危难之中而坐视不救,让我这把老骨头去尝尝潜水衣的滋味。弟兄们,大家提起一点精神来,把最后的一件潜水衣给我。快一点!否则怕要来不及了。'

"我听着立即跳了起来。'柯克,'我说,'不要这么蛮干。你一身的零件都已经老了,恐怕没有到中途,你这老机器就坏了。如果一定要派人下去的话,我是义不容辞的,因为尼尔斯·尼尔森是为救我下水的,那么以德报德正是海员的本分。好在我还没把潜水衣脱下,快把铜盔给我,我立即就下水去。'

"大家都同意我的话。认为老柯克已经不中用了,不能徒然去冒生命的危险,如果我体力已经恢复就再冒几分钟危险吧。他们把铜盔拿了来;我努力把精神振作一下。两分钟以后,我已经潜入水中,下降的时间比第一次更慢。我安全地到了水底下,爬上沉船,从舱口的梯子攀缘下去,看见尼尔斯·尼尔森扑倒在客舱通道的角落。我推推他却不见动静。他究竟是昏了过去还是已经死去,我还无法知道。我竭尽全身的力气,把他拖上甲板,然后设法把他吊到水面上去,就像半小时前他把我吊上去时一样。这家伙所缺少的就只是新鲜的空气。尼尔斯·尼尔森是下水来救我的,现在他自己反而丧命了吗?这样的想法一直在脑海里萦绕,心里自然感觉非常不安,其他的任务都显得不重要了。我终于惊觉到时间的短促，立即放开步子急忙走进房舱。我打定主意，在水底至多停留10分钟，即使找不到那从里斯本来的政治文件也非上去不可。事实上我到底在客厅里找到了卡勃雷拉先生。他躺在安乐椅和其他的器物中间，一切东西都东倒西歪，散乱得不成样子。我认出他，因为之前已经见过他的照片，他的胸前也悬着一枚勋章。经过仔细搜索，我终于在他衣服里寻到了一只厚厚的密封的皮包，我觉得其中一定有那个文件。事实上那文件也的确在这个皮包里。

"一分钟也不敢停留了，因为我的耳朵里已经在响了。我爬上舱口的梯子，拾起一个沉重的铁件把机门上的铁栓敲了下来，它救了我的性命，我要留它做个纪念。然后我发送了一个上升的信号。

"我慢慢地渐浮渐高，终于我的头盔在海面照到了阳光。

"我攀上了潜水船，把衣服脱去。可怜的尼尔森已经死了，他躺在潮湿的甲板上浴着阳光。同伴们环绕在他的四周，他们已经想尽了种种方法都无法挽回了。

"那是没有办法的事！海员时常遇见死神经过，

第七章

如果死神抓去了他的一个同伴，他只有脱下了雨帽，祈祷死者解脱；每当衔着烟斗，喝着烧酒，谈着海上的风波，与从前苦乐相共的友人相聚时，总要记起这个同伴。

"海是残酷的。要是不及时避到岸上来，总有一天会做海的牺牲品。我们都为了这个朋友感到悲伤。那回我们每个人都得到了丰厚的报酬，我为了纪念尼尔斯·尼尔森，花了一笔巨款给他立了一个相当体面的墓碑。在芬查尔的墓地上，波涛拍岸的声音震撼不绝，高高的柏树发出沙沙的声音，白色的墓碑反射着炫目的阳光，很远就能望到。尼尔斯·尼尔森就长眠在这里。同时，我又把从葡萄牙政府颁发的赏金，分一大半给那两个孤儿，他们现在都已长大成人了。他们至今还在每个伊萨贝拉号沉没的周年纪念日，去尼尔森的坟墓前献鲜花。当然他们也没忘了我。因为他们住在太阳较热甜酒较浓的地方，就时常把一大箱一大箱礼物寄到我所住的阴冷的德国滨海小镇来。箱子里总是装满了酒，这正是给老杜兰德抚平内心的创伤的一味良药。我常常斟了两杯酒，拉了两只安乐椅，想象着跟老尼尔森喝着酒，讲着话，好像他坐在我对面一样！"

"潜水员的故事讲完了。我的父亲又同他喝了一杯酒，然后继续讲着他们年轻时候的情形。那个铁栓后来就留在我们家里了。现在你们听了它的故事，总该知道乌拉波拉为什么要把它放在古董橱里了吧。"

第八章 太阳请假的时候

　　一天晚上，乌拉波拉讲起来，"从前有个时候，人们忽然觉得悲观起来，他们不满意自己，也不满意世界。'喔，'他们说，'生活真是太辛苦。工作太多，娱乐太少。我们得把这个办法颠倒过来，总而言之，言而总之，我们要好好休息一下了！'

　　"于是他们把所有的事情都搁置起来，一齐罢工！所有的机轮都停止了，烟囱里不再出烟。刚造好一半的屋子，围着高高的脚手架，似乎成了屋子的一部分。裁缝从此不拿缝针；皮匠不再擦蜡线，不再钉鞋底；店员紧闭店门；矿工停止下矿；渔夫不去张网。最高兴的要算那些牛羊，他们快活地到处乱跑，高声大叫，因为不再有人来管他们了。

"乡村里的农民，无论是张三、李四、阿猫、阿狗都聚集在小茶馆里，说，'好，既然城里人一齐罢工，我们又为什么一定要去种田呢？我们也要罢工！'于是犁头、铁锄、镰刀、水车等农具就没有人去过问了。'随你们便，'城里人说，'我们的仓库里有满仓的米谷，我们的地窖里更有满窖的马铃薯。我们还暂时不需要你们的农产品！'

"太阳惊奇地从天空中望下来，注视着地面上所有的奇事。

"'啊，'月亮说，'世界上的人都着了魔。我在地球四周环行了无数万年，曾看见过不少疯狂的事情，可从不曾看见过像现在这样的荒唐。我看人类是要发生不幸了，因为把一切人团结起来的只有工作，现在他们连手指都不动一动，他们的前途就只有灭亡。哦，我认

为工作是光荣的,我将要继续照亮黑夜,并且领着金黄色的星的羊群在天空放牧!'

"可是现在农民早已停止耕种,张三、李四、阿猫、阿狗整天都坐在茶馆酒店里打牌喝酒,这就使太阳非常灰心。'既然这样,我又何必再照耀着大地呢,'一天他感伤地说,'你们既然不下种子来叫我培育成熟,既然用不到我来照着你们做工,我的照耀就完全失去了意义。让你们去在黑暗里面逍遥吧,我是不愿意照耀一批懒惰虫的。你们得想想明白,赶快做工,否则我也要请假了!'

"'别管我们,太阳先生,'人们抱怨地说,'你要怎样做,随你的便,我们早已决定不再做工了!'

"那一天晚上,太阳在西下的时候脸色通红,显然是发怒了,第二天早晨他就不再回来。他已经请假了!

"'太阳真的躲开了。'人们说,有好些人都哭丧着脸。'这么一来,天要冷起来了,'他们说,'而且白天也将同黑夜一样黑暗了。''不过夜里是可以有光的,'还有些人说,'因为夜里有月亮出来照耀我们!'

"可是到了夜里,天空还是乌黑。月亮似乎也请假了。人们都跑去问最著名最博学的天文学家,这是什么原因,为什么月亮不在天空照耀。

"'喔,这个么,'天文学家说,'她是没有方法来照耀了;太阳不发光,就连月亮自己也躲在黑暗里,因为她先得被太阳照亮了,才能把这光反射到地面上来。'

"'好吧,'人们懊丧地说,'那么她就不必照耀了。我们还可以用电灯来照亮街道,用电炉来温暖房屋。'

"他们用煤来烧锅炉,开动巨大的蒸汽机产生电流,使它通过千百盏电灯把全镇上每家每户都照亮了。从煤,他们又造成了煤气。他们把煤放在大窑中加热,把产生的煤气用导管通往每家每户,把它点着。这样,他们就可以用电炉取暖,用煤气灶煮菜。他们嘲笑着太阳。

"但是过了相当时候,所有的存煤都用尽了,由于矿工不愿意替别人服务,锅炉里的水就无法煮沸,蒸汽机就不能开动。同时煤气也没有了,光也没有了,温暖也没有了。人们又开始感到不安。

"但是有些人说：'不要灰心，我们不怕没有太阳，要是真的没有煤来开动蒸汽机，我们还有水力。世界上有不少的瀑布，从高的地方流下来，我们可以在那里装些水磨和轮机，让水流冲在轮上，使轮子回转，开动发电机。这样我们又可以利用电力来采光取暖了！'

"但是人们跑到瀑布附近，却看见那里没有一滴水在流动，这倒并不是由于水结了冰，而是确实没有水了。于是他们跑去问最著名最博学的气象学家：'请你告诉我们，那些瀑布为什么都干涸了。'

"'喔，'聪明的气象学家说，'理由很简单！瀑布从很高的山顶头流下来，是太阳把山顶的冰雪融化了，变成水的缘故。现在太阳既然停止照耀，冰雪就不再融化，山脚边就不可能有瀑布了。在山顶头积起来的雨水，本来也可以成为瀑布流到山谷里去，可是现在太阳既然不把河海里的水蒸发起来，升到天空里去变成雨云，也不可能有雨和瀑布了！太阳用温热来造成雨露霜雪的变化，可是现在他请了假，就什么都没有了。'

"'真该死，'人们说，'为什么我们要任凭太阳的摆布呢？你想，现在我们该怎么办？我们可以利用风。风可以替我们转动风车，我们有了这风力就可以运转轮子，开动发电机了。不要灰心！我们要建造巨大的风车。'

"'啊哟！'木匠和铁匠却愤愤地说，'大家又要过忙忙碌碌的生活了！'

"但是旁人宽慰他们说，这工作只是暂时的，只要等到风车装置完竣，大家又可以过安闲愉快的生活了。

"于是他们日夜赶造巨大的风帆和机器，把手足都冻僵了，因为那时候地面上的气候是一天比一天寒冷。后来工作终于完成了，只等有风就可以把巨大的风车旋转，带动轮子和发电机发电，他们又可以有电力、电光和电热了。可是事实上，那时候一点儿风息都没有，不但最小的树叶静静不动，连微细的尘埃也飞不起来。

"于是人们又到气象学家那里去问：'请告诉我们，什么时候会再有风！'

"气象学家深深地叹了口气，整了整他的眼镜，然后说：'没有了太阳，也就没有了风，因为造成风暴的就是太阳。太阳温暖了各地的空气，但是有的地方受阳光多，有的地方受阳光少，所以有的地方比较暖，有的地方比较冷。温暖地方的空气向上升，于是寒冷地方的空气就沿地面流过去补足温暖地方的上升空气。这就形成了风。如果沿地面流动的空气走得太快，这就是风暴，如果它们走得慢一点，那就只成为一种摇曳树枝的轻风。现在太阳既然不再温暖空气，空气就不再流动，你们就白白地建造了这座大风车。'

"于是人们从早到晚板起了脸孔，动不动就生气打架，可是这并没有用，他们还是不能够叫风车转动一分一毫。'你们必须再到矿里去挖出些煤来。'人们说。但是矿工们哪里肯听，因为大家都休息，他们怎么肯单独做工。'我们不愿意冻死！'大家叫了起来，于是各处都吵吵闹闹，甚至有人打得头破血流。他们为了要喝热的汤，住暖和的房间，就把所有森林里的树木一齐砍下来当柴烧。但是有人因为在寒冷的露天场所工作，竟被冻死了。

"气候一天冷一天，大家都像住在北极一样。海水冻结，足有一百多米厚。所以轮船不能到远方去装运粮食和其他日用品，渔夫不能撒网。森林中的动物都冷死了，空中的鸟类冻僵了落在地上，血都凝成了冰块。地面冻结，硬得像钢铁一样，就是真要用犁来耕种，也是不可能了。可怕的黑暗笼罩着整个世界，只有冰冷的天空里那些远远的繁星，还射出惨淡的微光，照到这没有太阳的地球上来。

"人们的处境是越来越坏了。'我们要复工！'他们不得不喊了出来，'我们要享受光明和温暖，我们要享受风和云，我们要享受青翠的森林和迎风起浪的谷田，我们要享受小鸟的歌声和花草的芳香，我们要太阳回到天空，是的，太阳，太阳！他使我们快乐舒适，万事称心！'

"'我们要复工；让太阳再来照耀！'大家齐声呼喊，声音震动了整个地球。

"太阳听见了这喊声，他向地球一望，看见人们已经醒悟了过来，他就张开笑口，从地平线上升起来，闪出耀眼的光芒，又把世界容纳在他温暖的怀抱里来了。

"无论男女老幼都跑出屋子来站在让人睁不开眼的阳光中，温暖他们发抖的四肢。一种新的活力很快地显现在他们灰白色的脸上。太阳凭着他的光，又表演了

第八章 __135

水手和渔夫照常工作

无数的奇迹，都是人们一向所不曾注意到的。他解放了冰封的泉水，让它们向前潺潺地流去，他融化了江河湖泽，让海水再生波浪，水手和渔夫照常工作。太阳又把空气温暖，引起气流的纷扰，于是风也吹了，风车上的风帆也转动了。融化的冰雪从山巅流下来，于是瀑布也苏醒了。风车和水车的主人又衔着烟斗，高高兴兴地磨着他们的麦粉。张三、李四、阿猫、阿狗又在新解冻的田地里用犁来翻着泥土。树木长出新芽，残存的小鸟从潜藏的洞穴里飞出来，快活地唱着歌；在天空的云端背后依旧飘浮着那环游地球的老旅行家——月亮，她脸上也露出笑容。

"但是太阳拉开了圆圆的脸，笑眯眯地渐渐西沉了。你看，那笑容正是慈爱的爸爸看着他的孩子们时流露出的神情。"

第九章 风暴四弟兄

一个猛烈的风暴来了！大风召集了他全部的音乐家，组织了一个巨大的音乐队，横冲直撞过来。一路上只听见怒吼声，惨叫声，东边呜呜呜，西边啪啪啪，穿过了城乡，越过了山林。他把烟囱当作号角，把电线当作箜篌①；掀动理发店前的铜盆②，叫它们像铃一般响

---

① 箜篌（kōng hóu），古代弦乐器。——编者注
② 德国理发店前都悬着铜盆，作为业务的标记。——英译者注

着；摇晃门窗，叫它们啪地飞开，又砰地关拢；呼呼地穿过罅隙和锁孔，发出一阵惨叫，一声咆哮；把树顶的叶子刮去了大半，然后又在三角墙处不住地怒号。他戏弄着大张的纸片，时而叫它们在天空中打旋，时而在地面上赶着它们走。他把肥胖的老法官的帽子滚这么一里路，然后让它停在那里；等到老法官气喘吁吁地赶上去正要俯身拾帽的时候，他却哈哈大笑，又把那帽子滚了开去，最后突然一吹，把它吹落在水里。他把朱丽亚姑妈的洋伞吹朝了天，好像这位老太太要飞上天去的样子。他又从玻璃窗里卷起一个花盆打在书记官的头上，叫书记官对朱丽亚姑妈的笑声立即停止了。

接着是一阵大雨，代替了狂风的一切戏谑残暴的行为。他们俩一前一后，把街道扫除得干干净净。小朋友们把鼻子抵住窗玻璃，望着灰色的天空，看有没有放晴的机会，原来外边一下大雨，他们被闷在屋子里，就觉得无聊起来了。

可是到了晚上，他们还是穿上外套，披着围巾，偷偷地溜出屋子来，冒着风，一直向乌拉波拉博士的老屋子走去。因为这样的天气正是听故事的最佳时机，尤其是还可以在那里喝到一杯甜茶!

老乌拉波拉穿着睡衣,拖着毡呢软鞋,蜷缩在比他更老的安乐椅里,嘴里含着一只像是邮船烟囱的长烟斗,时时闪出红炽的火光。在这种天气,正是他的痛风发作的时候,好像有什么东西在啃咬着他的老骨头。

"小朋友,"他的脸色显得非常忧郁,"这是最恶劣的天气,大风往往会卷起瓦片、花盆来砸人。我们能够坐在温暖的屋子里谈天说地,是够快乐的。外边广大世界里所碰到的恶劣天气跟我们所碰到的恶劣天气截然不同,那些有经验的水手或是常常出门在外的人,曾走过远路、见过世面,若看见我们碰到这样的一点风就争先恐后地往屋子里躲,一定要哈哈大笑。因为我们对于真正的风暴,连一点最起码的常识都没有。小朋友,你们记住,人住在陆地上是和鱼住在海底下一样的。鱼的头顶和四周是水的海洋,我们的头顶和四周是空气的海洋,我们就住在空气海洋的底下。鱼住在陆地上要窒息,同样,人离开了充满着空气的大地,也要闷死。海洋里有强烈的水流,我们的空气里也照样有强烈的气流。造成气流的便是太阳。如果气流的力量小,我们就把它叫作风；力量大，我们就把它叫作风暴。太阳在热带地方把空气加热，空气受热后体积膨胀，质量减轻，就向上升腾，于是四面八方的冷空气，沿地面冲过来填补热空气的空缺，这样就形成了风与风暴。我们坐在特别快车里，向前行进的速度大约是每分钟一公里，但风暴有时甚至用比这快几倍的速度来掠过地面，因此他们破坏了人类的一切创造物，成为破坏的魔王。今天我要来跟你们谈谈风。你们再坐近一点，仔细听好，我讲的是风暴四弟兄的故事！"

"风暴弟兄通常都是整年不见面的。他们各自东来西去，跑遍世界上所有的地方，侵扰人类，但是到了某一天，他们要举行一次家庭会议。这时候空气平静，连树上最小的叶子也一动不动，在横渡大西洋到西印度群岛去的大海船上，水手们都舒舒服服地点着他们的泥烟斗，为风平浪静而高兴。风暴弟兄在这个特别的日子，常常聚集在波斯①的达马万德山②里，这座山高峻插天，

---

① 就是现在的伊朗。——译者注
② 达马万德山是伊朗的最高峰，海拔5604米，有"中东屋脊"之美誉，是一座高大的死火山锥。——编者注

海拔大约有5600米。在这幽深的山岩中，藏着一个巨大的洞窟，围绕着洞窟的白云，像是在高塔四周盘旋的小鸟一样。

"第一个风暴，在一清早就到了。他的名字叫沙暴，又叫热风。他来的路并不远。他是从非洲的撒哈拉沙漠飞过地中海一直赶到这里来的。地面上戴着羊皮帽来来往往的波斯人，猛觉得天气突然温暖起来，原来沙暴从他酷热的家里带来了一股火炽的热流，还从他巨大的翅膀里撒下了无数的黄沙，人们只要把牙齿一嚼就发出一种牙碜的声音。他像魔鬼一样地溜进了达马万德山的洞里。'我的神啊！'他说着阿拉伯话，'这里是太冷了，我真有点耐不住！我的家乡有酷热的阳光，有美丽的热沙，狮子和豺狼在晒着太阳，巨蛇在沙土里孵蛋。这个阴暗的洞怎么比得上它！并且照老规矩，我还是第一个到。等他们到来，我一定会得重感冒的。'

"于是他裹住了阔大的像外套似的翅膀，垂头丧气地蜷缩在壁角里，呆呆地默想着。

"到了上午，忽听见头顶上有一阵疾驰怒吼的声音，好像释放出来了一大群魔鬼。云像海燕般地飞开去，雨点像擂鼓般地落下来，霹雳在山里发出回声，像是几百尊排炮，炫目的闪电曲曲弯弯地射向地面。在一阵可怕的冰雹中，第二个弟兄飓风赶到了。

"他一声大笑，从铅灰色的翅膀上摇下了许多雨点和冰雹，像淋浴一样，接着就钻进了洞窟。'哎，'他粗鲁地说，'多讨厌的灰尘。我的天，叫人把喉咙都烘干了呢！'

"忽然他看到了缩在黑暗壁角里的沙暴。他立即赶了过去。'老弟，'他叫道，跟着是一连串的笑声，'是你躲在这里，老沙袋！王八羔子，怪不得这里满是灰尘！啊，我们好久不见了，你好，太阳的儿子！'

"'我的神啊，你不要走近我，'沙暴有点不乐意的样子，'是怎么一回事。这样的响声！这样的闪光！这样的大雨！这太可怕了。你身上有鱼腥气！不要走近我，我耐不住这样的潮湿。下一次我们要在我的家里聚会，让你也尝尝干燥的滋味。'

"飓风心平气和地哈哈大笑。'你这个家伙真不中用，'他说，'这洞里已经满是泥沙，你还不称心吗？我们出去时候，恐怕都要变成一袋袋面粉了！'

"他们俩你一句我一声,吵了很久,忽听见有一阵噪声,越来越响,这显然是报告第三个弟兄赶到了。他渐渐靠近的时候,地面上往来的人惊慌失措、无处藏身。空中有一阵咆哮疾驰的声音,如排山倒海一般。东方的天空现出硫磺色,西方的天空拦着一道巨大的黑色壁障。从这壁障里挂下来一条气柱,一直碰到地面。这气柱很快地旋转不息,凡是它所经过的地方,没有一样东西不被吸了起来,沙土、野草、瓦片、水潭,无不被卷上空中;要是有什么东西敢公然抗拒,便砉(xū)然一声立即断裂,他弯折一株树木像弯折一根火柴梗一样。这就是旋风,凡是他到过的地方,无不造成破坏。现在他已经行近洞窟,接着就像炮弹一般地射了进去。

"他的来势非常猛烈,甚至把沙暴吹出了壁角,一直卷上窟顶。至于那飓风,也被他吹得像陀螺一样地团团打转,终于被摔倒在一个壁角里。

"'王八蛋,'飓风骂道,'我看你这样子活像一只美国棕熊!站住,你这恶鬼!'

"沙暴也大发脾气,像豺狼一般地咆哮起来,嘴里是一连串阿拉伯脏话,针对着他粗鲁的哥哥。但旋风只是哈哈大笑,他高声地说:'亲爱的弟兄们,今天能够看见你们,我非常高兴!'他真是一个地道的美国人,刚刚从加利福尼亚赶来。

"但是他的弟兄还是不住地在破口痛骂,洞窟里面充满着争吵叫骂的声音,可是旋风却毫不介意。他拿出一只短烟斗来抽着烟,又闲散地用刀子把偶然插在他翅膀里的一根橡树干削成牙签。

"在正午时候,波斯地方照例是很暖和的,可是现在却突然变得异常凉快。天气是越来越冷,太阳已经躲起来了。在高高的天空布满小片的羽毛状卷云,这种卷云都是由无数的冰晶形成的。不久天下雪了,起初很慢,渐渐越下越大,接着又跟来了一阵冷风,简直连血液都要冻结了,风过处是漫天的大雪,两米以外的东西全看不见了。这是第四个弟兄——雪暴从很远的地方赶来开会了。

"他是风暴四弟兄中的老大哥。他白色的头发和胡须上挂着一条条的冰柱,翅膀上积着闪亮的雪花,脚上还有大块的冰。任何生物碰到他的气息,都冻得失去了知觉。他呼呼地吹着气,悄悄地溜进了洞窟。'喔,诸位弟兄，现在我们大家都聚集在达马万德洞里了！'他一边高兴地嚷着，一边摇去身上的雪。

"洞窟里充满了冰冷的空气，沙暴哭丧着脸说：'你真是个祸殃根子！这样的寒冷，简直要把我冻死了！'说着他蜷缩在岩壁的罅隙里，躲避他大哥的气息。飓风也在抱怨这头北极熊，因为从他身上不住淋下来的雨滴，已经开始冻冰了。

"'弟兄们，'雪暴说，'大家都不要争吵吧！我们一年只碰头一次，对于各人的习性应该互相原谅一些。沙暴的干热和沙子，飓风的雷电和骤雨，旋风无比的破坏力以及我自己的寒冷和冰雪，对于别人固然是讨厌的，不过我们住在不同的地区，都有自己特殊的工作，因此应该互相谅解。现在我们不要再斗嘴了！还有更重要的事情要办。你们都知道，在元旦这一天，我忝（tiǎn）为大哥，得向气候之神报告我们已了的和未了的工作。我们的名誉都不很好。人们都向神控诉我们的各种破坏行为；海王对我们非常愤怒，花神和兽神也痛恨我们在世界各处所造成的灾祸。我早已料到我们将要受到各方面的责难，所以我们要赶紧设法来辩白清楚。那

么，首先得请你们先把自己的错误向我汇报一下，我必须把详细情形了解清楚才可以辩护！'

"'我们是永远不能使人类满足的，'飓风懊恼地说，'要是你多睡一会儿，或是吹得轻一点，他们就埋怨稻麦不生长，树木不结果，帆船走得慢，风车旋不动。要是你规规矩矩地喘几口气，那就更不对。我想他们最好是自己去创造他们的天气！'

"'不是吗，'旋风说，'人类都不知道好歹，至于花神，她是位多愁善感的小姐，只要有一株小树被拔了去，都会哭半天！'

"'不要尽怪别人，野孩子，'雪暴反驳说，'你们都瞒不了我。我小时候也像你们一样。不过现在我们不要徒说空话，浪费时间！先把你们的顽皮行为报告出来吧！'

"四弟兄蹲在达马万德洞的中央，由最小的弟弟沙暴先来讲述他的故事：

'一天，事情出了岔子，人们当然抱怨我，但我并不是故意的。我躺在卡瓦尔绿洲中的莫谷顿山上睡着了。山下是广阔巨大的撒哈拉沙漠。太阳毫不留情地照下来。灼热的石子把草都烫焦了。蛇和鳄鱼张大了嘴巴，懒懒地躺着；老狮子热得从沙里逃出来，躺在我近旁一株枯萎的老树的阴影里。绿洲中静静的蓝色水池，吐着蒸汽。四面八方都是死一样静寂。

'到了太阳西沉以后，我醒来了。狮子在我的旁边，蛇在沙上，鳄鱼在池子里，都睡得很甜，空气是异样的阴沉。就在这时候，我远远看见有一连串黑色的斑点，在酷热的沙地里蠕动着。好奇心驱使着我，要看看它是什么东西。并且，这又是我开始工作的时候。在这里，干旱和酷热已经持续好几个星期了，任何东西都焦躁异常。所以我想，我得用我的大翅膀来在空气的海洋里掀起一点风浪，好从海面上带过一点湿气来，或许竟能酝酿一次大雨。因此在傍晚时候，我就立起身来展开了翅膀，向还是在远处蠕动的一连串斑点飞去了。

'我的翅膀扇起了巨量火热的尘沙，弥漫整个空间，把天空遮得变成深黄色，太阳变成棕红色。所有的动物都钻进洞里去了。我行近那一条斑点，原来是一队运货的商人，他们赶着十匹骆驼，还有几个披着白色斗篷的阿拉伯人，骑了马在旁边护卫着。他们远远地望见我扬起了橙黄色的尘沙飞奔过去，就都在沙地上扑倒了。沙土颠簸起伏，望不到边际，一直伸展到地平线上。骆驼挤作一团，跪卧在沙里。在它们的中间，就埋藏着不幸的人。我在他们的上面呼啸怒吼，向着海面疾驰了三小时，没有工夫理会他们。要是早知道我这火热的气息会使他们遍体焦灼，细沙会掩埋他们，我早就改路走了。

'我卷旋着掠过黎波里的山巅、突尼斯和常绿的沙洲比斯克拉、伊斯坦布尔一排排白色的屋子，我的尘沙的外套把太阳染成了铁锈的颜色，无数的沙粒在空中盘旋飞舞，给他们带来了沙漠的儿子沙风到来的消息，于是他们都惊慌失措地急急忙忙躲到屋子或茅舍里去了。

'在日落时候，我到了地中海沿岸。尘沙从我的翅膀隙缝中落下来，我是疲倦极了。我已经到了我的领土和权力的边境。我轻轻地吹了几口气，就转身回来。月亮已经上升，无边无际的沙漠又朦胧地出现在我的眼前，我再次经过方才碰见商队的地点。不过现在所能见到的只是一个漂动的沙丘，在这沙丘下面还偶然可以看

见一条骆驼的腿，或一张青色的人脸，在月光底下闪耀着。'

"沙暴把话说完了，就默默地不再出声。

"'你这个小流氓，真会闹乱子，'雪暴捋着他冰冻的胡子说，'我们就没听过你做过一件好事。沙漠中不知有多少人畜被你这酷热的气息烤死；不知有多少人畜被你活埋在炽热的沙土里。我希望气候之神重重地把你打一顿！'

"沙暴听了这一番话，似乎有点不高兴的样子，去岩壁的隙缝中躲了起来，嘴里唠唠叨叨地用阿拉伯方言来说着些粗俗的话。接着轮到飓风说话了：

'我——是一年四季没有闲工夫的。在沙暴弟弟住的地方，人口极少，因此他可以一月月过着悠闲的生活，养成一副懒骨头。可是我的手头却常常积着做不完的工作；在我的领土里，有着大树林、大原野、大城市，还有海洋和船舶。要是我的风吹得轻一点，雨下得少一点，那就要酿成荒年。要是我尽管下雨，使劲吹风，再加闪电打雷，那也不对，田野里还是要受到严重的损害，农夫立即跑到教堂里去向天祷告。但是最讨厌的是水手。他们乘着螺蛳壳般的小船到海洋里去航行，你只要把衣角一带，就会闯下大祸。

　　'今年春天，我碰到了一件意外的事情。那时候我住在雷孙其保大山，打算在那里休息几天。一天我正在同山神鲁背查尔打扑克，不料突然接到了一大批责难的信，说是要找寻风和雨的下落。原来那时候整个欧洲正是百花齐放的季节，可是没有一点风来给它们传播花粉，好让它们到秋天多结苹果、梨子和樱桃等果子。花园里和田野里也干得差不多要起龟裂的样子。

　　'我马上对鲁背查尔说要走了，他随即破口大骂开来，因为他刚刚把四张A全拿到手，可我管不了这些，把扑克牌一丢，就起身出发，飘过山巅向乡村中去了。

　　'起初，我是走得很轻松，每小时走80公里，可是后来我看见下边一列快车比我走得快，我就展开翅膀，把速度大大增加起来，不久就把它远远地甩在后边了。经过德国的时候，我看见太阳又在日历上溜过了一页，天气是一天热似一天了。小树很干渴，心里十分忧郁，

城市里的居民都东逃西奔,像着了魔一样

花的脸色显得憔悴,像带着一点病容。我把从海岸边、湖河里大量上升的水蒸气聚集起来升到空中,再把它冷却,造成一张蓝白相间的美丽的云幔,不让太阳再向干裂的地面上射他的热箭。然后我小心翼翼地让这些湿气凝成微小的水点飘落下去。

'在下边的村子里,农民从嘴里拔出了烟斗,郑重地点了点头——下微雨了!下得正好!当然,在市镇里的漂亮姑娘是不会高兴的,因为我曾经淋坏她们的绣花裙和新草帽。梅耳先生学校里的一群小学生都大声喧哗,他们对着天上的云高叫着——半年天天晴,今天雨倾盆!

'但是农民却还在望着天空,嘴里咬住烟斗,舒着气——这没用!还要再下大点!

'怎样才能使人类满足呢?我生气了,把所有雨水都开放了,尽量地倒下去吧。我拼命地放着霹雳,擂着雹鼓,发动了一次大雷雨。在我闪过的时候,城市里的居民都东逃西奔,像着了魔一样。朱丽亚姑妈的假发,梅耳先生的新帽子,县长太太的窗帘,全我被吹到席勒广场去跳华尔兹舞了,但所有的洋伞都高兴得发狂。胖得像酒桶般的酒店老板气得脸色发青——真倒霉！今晚谁还会来喝啤酒、吃羊肉呢？马车夫和补伞匠却很快活——再下大点！我们的生意就更好了！

'到底有谁能够知足呢？

'我在贯穿大陆飞过奥得河和易北河、威塞尔河和莱茵河上空的时候，把树林都刷洗了，把种子都灌溉了，把城市里的热空气都赶走了，可是我没有工夫来注视海面上的情形。仅仅是一只眼睛，谁能同时顾及各个方面呢？又要当心朱丽亚姑妈的假发，又要留心果园里的梨树，谁还有工夫管从瑞典到英国的北极星号货船已经接近礁岩呢？我带着雷电冲向前去，太阳已经下山，灰蓝色的云片低低地浮在天空，叫你看不清一公里以外的东西。这艘船的乘客都异常恐慌。我闪耀的电光似乎把天和地都点燃了起来，雷声在云块里打滚；我鞭打着灰绿色的水波，激起水沫飞溅的巨浪；我对着这汹涌的大海，高唱战歌，掀得它天翻地覆。等到我看见远处北极星号上的红绿灯光，已经太晚了。它正对着我，开足了马力飞驰过来。它的烟囱里吐出了棕黑色的浓烟，像羊毛一样。巨大的波浪时时把它的尾巴抛出水面，闪亮的螺旋桨叶在空中咯咯地发响。看情况它似乎要粉碎了,就像一只八音钟从高空中落到地板上一样。

'船里那些小小的人既英勇又沉着,想尽种种方法来挽救,我向他们致以最大的敬意。我很想去助他们一臂之力,可是已经太迟了。在近英国海岸的地方,那艘船被一个巨浪猛摔在礁岩上。它的底破裂了,船里漏满了水,结果船身一侧,人就像火柴般漂了开去……也有几个人爬上岩石,显然获得了安全的保障,可是大部分的人都静静地沉到海底去了。我可怜他们,却没有办法来援救他们。'

"飓风说完,他的大哥雪暴严肃地摇着头。

"'还有许多帆船和渔船也在那一夜里被你吹翻了。另外,由于你的暴力——那些雹子对田野和庭园造成了严重损害,花神大哭了一场。我知道,你自以为做得没有错,勇敢地跟干旱和酷热作斗争,但你一看见我们的老敌人——海王——就会使起性子,全然把人类抛于脑后,这就是你的错处。'

"'等到我看见他们,已经来不及了。'飓风辩解说，'因为我的眼睛望着半个欧洲和整个北海。而且我也不能使我的巨大力量在顷刻之间平静下来，正如人类不能使开足马力的火车在一秒钟里就骤然停止下来一样。人类也应该自己小心一点才好啊！'

"突然，旋风跳了起来。他哈哈大笑，手舞足蹈，笑声把一切都摇震起来。然后他腆胸叠肚地站在飓风前面说，'老弟，你是个不大见世面的人。只是在什么地方吹去了两块窗玻璃，或把一艘老货船吹沉了，你就会像毛丫头一样哭吗？真不中用！如果蚂蚁坚持要住在巨象经过的地方，那么总有一天会被巨象踏死，这有什么稀奇呢！如果你愿意结交暴戾的朋友，那么你就要忍受他暴戾的脾气。我们在美国的想法是跟你不同的。如果我偶然使起了性子，就顾不了小小的人类和他们的创造物了。'

"'你是著名的野孩子，你把我们全体的名誉都弄坏了，'雪暴不满意地说，'你总不会得到好结果。'

"'你这可怕的肥熊，别以为自己准不会错！在你所住的地方，人们也不见得会歌颂你吧！'

"'少说废话，'沙暴不高兴地说，'我是多渴望

着非洲的太阳啊!'

"'听我说,老家伙!——人类是固执而无礼的东西。他们自称征服了自然,是土地的主人!这些骄傲的家伙造出了躲避风雨的屋子,用光亮夺目的玩意儿在海洋里航行,用噬噬发响的水锅,沿着铁条爬上山顶。他们又在全世界各处张着铜丝的网,最近更胆敢用吹大的腊肠和嗡嗡的旋桨高飞到云端里。不但如此,他们还把铁块射到空中,同时发出人造的雷声和电光。难道我们能容忍他们这样横行,处处替他们设想吗?他们是我们的敌人,我们的奴隶;然而他们却妄图把我们这些巨人沦为他们的奴隶。你们怎么想,随你们的便吧!至于我,如果他们敢来侵犯我的权益,我势必要跟他们拼个你死我活。'

"'老哥,听说你有一天经过美洲中部的时候,曾经同他们英勇地决斗过一次,表现得很不错啊。全世界所有的报纸都记载着这次旋风所造成的大纷扰和大破坏!现在就请你把当时的情形,作一个详尽的报告吧!'

'好,飓风弟弟,你听了我的话以后,就不会因为打碎几个花盆而大惊小怪了。你得知道，我做起事来跟你不同；我并不吹，只是通过吸来显示我的威力！我的旋转不息的气柱从天空下挂，好似象鼻子一般，无论什么东西碰到了它都会被攫到空中，然后远远地一抛，摔个粉碎。要是有什么东西敢反抗阻挠，我就把它撕个粉碎。我权力所及的范围是很狭小的，不过我却是那里残暴的魔王，对于人类的创造物是毫无顾忌的。我的足迹很明显，就像犁刀在稻田里犁出痕迹。

'在5月中的一个热天，我从科罗拉多锦绣的洛基山巅出发了。从银光闪闪的积雪山巅下来，我徐徐地从岩谷间穿过。在我的后边，天空像一堵墙，又黑暗，又低沉。崎岖的洛基山轻蔑地望着我，要设法阻止我的攻击。但是我的气力是在逐分逐秒地增长。我用了相当于特别快车4倍的速度向岩壁上冲过去。几百年的老树，树干都粗得像庙里的圆柱一样，在我的盛怒之下，被撕裂成碎片。一列火车从堪萨斯平原气喘喘地跑上山来。它的两架大引擎发出嗤嗤的响声，在陡峭的山间越爬越高。一个深渊张着大口躺在下面，湍急的溪流穿过倒落的古树，发出高声的怒吼。我对着这个滚动的玩具冲过去。它预见到将有一个悲哀的结局,就尖声地惊叫起来。山壁把它的叫声弹回来,像是几千个叫声。但是我把大量的空气吹过山峡,那种雷震般的咆哮声音立即把它的叫声淹没了。接着我又振作了精神,再向滚动着的长蛇冲去。车窗被震碎了……有好几节车厢的车顶被吹离了车身,像纸片一样飞到下边的深渊里去了。不久火车进了一个山洞,它停在那里,放弃了战斗。只有最后的几节车厢像蛇尾般地露在黑暗的岩洞外面。我必须继续前进,没有工夫耽搁,仅用相当于特别快车5倍的速度冲过这几节车厢——人类的小玩意儿。我的力量是非常巨大的,每平方米面积要产生900公斤的压力。装满了行李、邮包的最后两节车厢东倒西歪,摇得咯噔咯噔乱响。连接车厢的铁链断了,车厢滚过堤防落向下边的黑暗深渊。我看见它们像火柴盒一样消失了。

'我又向它们抛掷了许多巨大的石块和高大的杉树。那时候我已经到了山脚,降落在平原上。蓝黑色的云阵阴沉沉地布在我的四周,把白天变成了黑夜。我把黑暗的气柱挂到地上,不住地疾转,好似象鼻子般横扫一切,吞吸一切。在我的前面是得克萨斯的大牧场。大群的水牛正东奔西突,勇敢的牧人在大草原上加鞭疾驰,都希望避开我捉捕一切的臂腕。但是岩壁阻挡不了我,我能盘旋着向前进行。一株小树阻住我的去路,我如巨象拔草般将它扫除。百年的老树被我旋到空中,然后又把它们像扫帚般扔到一群奔跑着的牲畜中间去。下边有一个牧场,中间是一间木造的平房,四周围着一个花园。这屋子里就住着牧场的主人和仆人。我拔起一株杉树如标枪般掷进这木屋的墙壁里去。为了显示我的威力,我又开始摇晃这火柴盒一般的木屋子,把它连同花园一起搬离了地面,用气柱吸到空中,最后让它坠落在几百米外的一个小树林里。我可以保证,我的手脚非常轻捷,这件事一定会把他们弄得莫名其妙;因为我并不想杀死木屋里的人,只要给他们一个教训——我想……这些聪明的小东西这下总该有所觉察了吧!'

"'伟大的神啊,赞美他的工作!'沙暴说,'我们的美国兄弟倒是很会讲童话,把整栋屋子带到天空,真是太有想象力了!'

"'放屁!'旋风说,'你这干瘪的木乃伊说些什

么？你以为我说的话是哄人的么？天知道……'

"'算了吧！大家不要吵！'雪暴劝慰说，'这个大胖子说的的确不是虚话。那时候所有人类的报纸都详详细细地报道了他所开的玩笑，有学问的人也曾为此写了一册册厚厚的书本。人们把他的这种行径称为——加尔维斯顿旋风①。'

'一点也不错，正是加尔维斯顿！那是美国沿墨西哥湾海岸的一个大市镇，自从离开了得克萨斯的森林和草原以后，我就来到了这个地方。几只牛驾着一辆车子向我走来。我把这些牛和这辆车全举到空中，帮它们搬了个家。靠近市镇的入口处，又有一个人类的小玩具；一间屋子里有许多轮子在转动，它的动力是由一只滚沸的水锅所产生的。水锅底下是一堆火，屋子外边有一个很高的石塔冒出烟，大概是一个烟囱吧。我把它托底一掘，它就倒下去折断了。然后我把水锅拉出了墙壁，安

---

① 1900年9月8日，美国得克萨斯的加尔维斯顿经历了一场罕见的大风暴，有8000—10000人遇难，这是美国历史上死亡人数最多的自然灾害。——编者注

放在屋外的草地上。我又跑进市镇，在那里玩了许多新鲜的把戏。一片屋子围着一个大广场，那里矗立着一根巨大的铁柱，上面装着电灯，想是用来照明广场的。我用了平生的力气想把它拔到空中去，不想这铁柱深深地埋在地下，并且是用螺栓固定在石板上的。因此它不愿意跟我同去，于是我伸出气柱把铁柱扭了6次，做成了一个巨大的螺旋锥。这个世界第一的大螺旋锥至今还矗立在那里。人们把它留作我到过那里的一个纪念品，称为——丛柱。此外，我还把门窗拉离了铰链，把屋子揭去了屋顶，把布满在各处屋顶上的铜丝网撕个粉碎，更在停泊着许多船舶的港口举行了一次狂欢舞会，最后把这些船舶送到永远沉寂的世界。

'我一直跑到海里才慢慢平静下来，到了晚上我就睡着了。啊，那真是一个忙乱的日子！'

"风暴弟兄几个都肃静无声。这位美国兄弟的勇敢行为实在是毫不可取的。他们认为他是个危险的人物，都不愿意跟他争吵。还是老雪暴把旋风的报告下了一个结论，'你怎么不说说，你在加尔维斯顿这次勇敢行为

还断送了几千条人命哩。'

"'哎哟,这是真的吗?我可从没有想到过。不过人类在战争的时候,常是一死几百万人。我的目的并不在杀人,只是把地面上的秽气扫除干净,把害虫毒菌消灭精光。我想这也可算是为人类尽了点义务吧?因为这不但防止了疾病的蔓延,而且还增加了谷物的收成。冰胡子,你既然喜欢批评人家,那么何不把你自己的故事也讲出来让人家批评批评呢!'

"雪暴捋了捋冻结的长胡子,润了润喉咙说:'我的年纪是老了,精力也衰了。我没有沙暴那样的火气,飓风那样的活泼,也没有旋风那样的蛮力。我穿着一件大斗篷,所到之处就用这斗篷来遮蔽着地面。我把世界披上了一层银白色,只要一个通宵,就能把大艺术家——秋——用魔笔所绘成的彩色图画,全变成黑白画。我虽然天性爱好和平,可是也总免不了要伤害人畜和农作物。因此有人竟叫我——白色死神。'

'在11月的某一天,天气已经非常寒冷,高空中更是严寒,我背负了巨量的雪花,穿过加拿大的英属哥伦比亚到中央平原上去。我展开翅膀，天空顿然阴暗起来，虽然是在白昼，却望不见一百米以外的东西。各个地方的人都把电灯开亮了。我稍微抖了抖灰色的斗篷，下边便下起了大雪，就连当地的老人都说，这样的大雪是他们生平未见的。不上几分钟，广大的世界已全都包上了我闪亮的冰屑。雪花下降得又密又快，不久就找不到道路也找不到人迹了，地面上的一切都已埋藏在几尺深的雪下。路人看不见面前的树木，找不到方才对准的目标房屋。又十几分钟，世界已全变了样子，无论是步行还是乘车都不可能了。我吹起了一堵堵雪墙，高得连人也爬不上去。街上一切的活动都停止了，非常沉寂。屋子被掩埋，重厚的积雪压坏了一家家互相通话的电线网，屋顶压坍了，巨大的雪球从斜坡上滚出去很远。

'村子里积满了雪；雪粉遮没了低矮的茅屋，一直碰到屋檐。屋子里的小小的人想设法逃走，可是我的冰冷的气息和尖锐的小标枪却又把他们赶了回去。

'火车发出尖锐的嘶叫声、隆隆的车轮声，对着我咆哮而来。他们喘息着向我喷出一团团水蒸气。我伸手把这个玩意儿用力抓住了，叫他们停留在这闪亮的雪海中。于是他们发出尖厉的求救信号,不久,就有别的小玩意儿急忙赶过来援救他们。这些东西真奇怪!他们沿着轨道滚滚而来,很勇敢地前进。那是用蒸汽来推动巨大的犁耙,把轨道上的积雪全铲在一旁。他们稍事休整,又继续前进。我任由他们去胡闹,但那东西最终还是精疲力竭,无法开动,也照样被埋在软软的雪花下面了。火车援救计划以失败告终。

'一切都停止了活动,都市中原本匆忙紧张的生活突然暂停了。没有一个人敢离开村子,也没有一个人敢走近村子。我还在把大量的雪花不断地撒向地面。火车的前后左右都冻结在雪的海洋里。载着乘客的邮车突然受到大风雪的袭击,被困在静静的山谷中,车身陷在积雪里,只露出了车轴以上的部分。冻得麻木的乘客,枯坐在车子里面,变成了我的俘虏。我又把海上的帆船改装成一个怪物,帆篷、桅杆、帆桁、大炮、绞盘、指挥塔和索具都被我用大量的雪花遮蔽。渐渐地,这些雪花结成了冰,它们终于成为冰封的猎物。

'在高原上的树林,由于树顶受积雪的重压,不断发出呻吟声。料峭的寒风给树枝涂上一层厚厚的雪皮。

它们已失去了柔顺的天性,当我扑过林子的时候,不胜重负的大树像玻璃棒一样一段段折断。整个树林饱受雪和风的蹂躏,在杉树和橡树林子到处是一阵阵呜咽的声音。

'不过我的年纪是老了!力气不能经久。在几小时之后,我就疲乏地躺在了哈得逊湾的边缘。我已经给世界穿上了一件皎洁的白衣,但是太阳穿出云层,慢慢地把艺术化的冰雪建筑消融了,慢慢地把麻木的生命复苏了。'

"老大哥的话说完了。

"'诸位兄弟,'飓风说,'我们都很难找出彼此的错处:大家都在做着分内的事情。鸽子的驯服原本出于天性,而虎豹的凶猛也是无法自主的。'

"沙暴和旋风都同意他的话。

"'达马万德山洞的风暴会议就此宣告结束,'老雪暴说,'大家可以各自回去干自己的工作了。至于各位的行动,我一定向气候之神作如实报告。现在我们就暂时分别,待明年举行家族会议时再见吧!'

"风暴弟兄一起立起身来。他们各自展开了翅膀,准备回家。

"'赞美神啊!我现在可以避开你们的寒冷了。'沙暴说着,便爬出洞窟,四周立刻洋溢着暖气,他向南方飞去了。

"'再会,沙袋儿!'飓风在背后叫着,接着是一连串的霹雳和一阵的暴雨,咆哮着向西方欧洲吹去了。

"'我们可以同走一段路,冰胡子。'旋风的声音像拉风箱一样。

"'你的速度太快,我有点跟不上来,'雪暴摇着头,踌躇地说,'并且我们俩同时经过一个地方,对于人类是有害的。你先去吧,野孩子!'

"于是这个美国的野孩子就怒吼着上路去了,远远地还听见他在高声地叫喊,'老糊涂,再会了!'

"雪暴又留恋地徘徊了片刻,才慢慢地振翅飞向他遥远的家乡。

"地面上的人们此刻听到高空中传来一阵阵奇特的咆哮声,久久不息——原来这就是风暴弟兄的旅行歌。"

"小朋友，"老乌拉波拉表示讲完了，"这就是风暴的故事。你们听，此刻飓风不是正在烟囱里奏乐吗？现在把你们的帽子戴好，把你们的外衣扣牢，快些回家去吧。不过你们要记住，当你们舒舒服服地躺在绒被里的时候，如果听见百叶窗上的风声，就应该想到那些户外的人们正在海洋里、山谷里、沙漠里与达马万德山洞里出来的风暴弟兄们作生死的斗争呢！"

第十章　玻璃棺材

"小朋友们,我们今天要讲玻璃棺材的故事!"

"乌拉波拉,那是《格林童话》吧?我们都听过了,讲的是白雪公主被矮人放在玻璃棺材里!"

"可是,我这个故事你们是不会听过的。在我所讲的玻璃棺材里,既没有白雪公主也没有别的美丽姑娘。这个棺材就放在我的大橱里,等会儿你们可以亲自去看看里面究竟躺着什么东西。但你们首先必须听听故事,要知其然知其所以然。"

小朋友们坐下来,猜不透这位老人想讲些什么。

"我的故事开始在很久很久以前。约莫算来,总有上万年了!

"在一个美丽的夏天,太阳从蔚蓝的天空中暖暖地照下来。海在很远的地方怒吼,叶在树顶上发出飒飒的响声。在这附近就是个巨大的森林。

"一只小小的苍蝇生着柔嫩的翅膀,沐浴着阳光,在花草中间快乐地飞舞。不知怎的,她突然展开翅膀,嗡嗡地穿过了草地,向森林里飞去了。树林里都是些高大的松树,直插云霄;太阳正照得火热,可以闻到一股松脂的香味。

"我们这个小苍蝇歇在一棵大树干上。她伸腿来刷刷翅膀,擦擦长着红眼睛的脑袋,飞行了大半天,身上已经沾满了灰尘。

"正在这时候,有个可怕的蜘蛛划着长长的腿慢慢爬过来,想把这个苍蝇捉来当一顿美味的午餐。他小心地挪着长腿(要搬动这八条腿,真不是件容易的事情),慢慢地沿着树干下来,离小苍蝇越爬越近了。

"蜘蛛把这件事情仔细地盘算一下。'啊呀！'他想，'这位小姑娘的身上可吃的并不多！如果折去一双翅膀和一对触须，剩下来的就很少了。不过少总比没有好。要是不小心，被她凸出的圆眼睛看见，让她飞走，那么连这简单的午餐也落了空，说不定得饿一天呢。'

"小苍蝇太爱打扮，她不住地刷着她的绿纱翅膀，身体前弯后袅，像小猫一样地舐着自己，一点也没注意那个怀着恶意，正在偷偷靠近的敌人。

"正当蜘蛛几乎把苍蝇弄到手的时候——突然发生了一件恐怖的事情！

"中午的酷热威逼着整个森林，老松树上渗出了厚厚的松脂，在阳光中闪着金黄色的光彩。忽然有一大滴松脂从树上掉下来，刚巧落在树干上，把苍蝇和蜘蛛都埋在里面。

"苍蝇带着新装，蜘蛛盯着午餐，他们一起淹没在老树黏稠的黄色泪珠里，起初还前俯后仰地挣扎一下，后来都不动了。

"新鲜的松脂继续落下来，盖在原来的上面，最后积成很厚的一团，把一对昆虫包裹在里面，像是个透明的棺材。

"时间之书悄悄地一页页翻过,凡是不得不发生的事情都一一发生了。几百年、几千年的时间一转瞬都成过去。许多新的夏天以及几千万绿翅膀的苍蝇和八只脚的蜘蛛都来了又去了。谁也不会想到,在很久很久以前,曾经有一对昆虫被埋葬在一滴松脂里面,而这一滴松脂还挂在早已在泥土里烂掉的老松树上。

"后来又有变故发生了,陆地渐渐沉下去,大量的海水涌上今天波罗的海怒吼的地方,渐渐逼近这个古老的森林。有一天,水把森林淹没了。波浪不断向树干冲刷,甚至把它们连根拔起,森林已荡然无存了。一棵棵树木安葬在水的坟墓里,海风在树顶唱着粗野的歌;老树干滚到海水里,发出呜咽的声音。

"这说明波罗的海以前曾是是个大森林。至于那株挂着松脂球的老树干,它被波浪所吞没,海沙所掩覆,最终完全腐烂掉了,只剩下那颗松脂球还掩埋在泥沙下面。

"又是千余年过去了。海面偶然吹过一阵猛烈的大风,澎湃的怒涛把海里的泥沙卷到岸上。一个穷苦的渔民带着儿子在海滩上走来走去，想寻找几千年前老松树掉落的各式各样的松脂。这种松脂现在已成了黄色的化石，人家叫它'琥珀'，它可以串成珠链或制成耳环，十分宝贵。

"孩子赤了脚，在泥沙底下踢着了什么东西，就把它掘起来。

"'爸爸，你看，'他快活地叫道，'我已经找到一颗。我想它该值18块钱吧。'

"他的父亲就把琥珀拿过来揩去了泥沙，把它放在太阳光里照着。

"'好运气，孩子，'他欢天喜地地说，'有两个小东西被关在这个玻璃棺材里，一只苍蝇和一只蜘蛛。格赖夫斯瓦有学问的人都愿意出金币来向我们收买呢。琥珀里有两只小虫！真是个宝贝！'

"在格赖夫斯瓦的有学问的人果然把这个玻璃棺材收买了下来，后来它又辗转流传到老乌拉波拉的手里。现在你们大家来看吧。那两个小虫还躺在里面，正像几千年前他们临死的时候一样。苍蝇小姐在太阳光里总坐在树干上刷她的新装，凶狠的蜘蛛正想猎获一顿午餐。

第十章　173

孩子赤了脚,在沙土底下踢着了什么东西

至今你仍可以看见他们身上的每一根毫毛以及他们直挺着腿死去的样子。你们看，他们的腿的四周显出好几圈黑色的圆环，这便是他们在黏稠松脂里无可奈何挣扎的结果。我们可以据此推断出发生在近一万年以前的详细情形，就像发生在我们眼前一样。我们还可以知道，早在那个时代，世界上便已经有苍蝇和蜘蛛了。是的，那个世界实在是很老很老了。"

第十一章　金刚石和他的弟兄

　　有一天,我们聚集在老朋友乌拉波拉博士的屋子前,正要跑进去看,不料小朋友中间突然发生了口角。原来这次有个皮匠的儿子也来参加了,想听听童话,吃些糕饼。但他穿着木拖鞋和破旧的小褂子,与别人的漂亮衣服很不相配,所以富裕的矿监儿子就不让这穷小子跟我们一起去。

　　"我们不能穿得像乞丐一样去见乌拉波拉博士!"

他一再嚷着。然而其他人却认为这并不要紧,应该让他参加进来。至于那个可怜的孩子只是缩在后面,感觉到非常狼狈,很不愉快。

老乌拉波拉已经轻轻地推开窗子,倾听着他们的争吵。他突然冒起火来,其声色之厉,是我们不曾听过的。

"你们这帮小坏蛋,"他愤愤地对我们尖声叫,"难道已经学得像大人那样,仅凭衣服来评判一个人吗?要是再这样,你们就要倒霉了。如果我再听见一次这种话,就不让你们到我屋子来了。现在,快上来吧,小皮匠汉斯第一个!我要给你们讲一个故事,让你们知道穿着制服的工人比穿了天鹅绒背心的懒虫更为可贵。你们听了以后,回家去把老乌拉波拉的故事告诉你们的家人,显然他们并没把教育这件事放在心上!"

老克莉丝蒂娜端来茶点,小汉斯坐在暖和的火炉近旁,因为有威严的老人保护,心里十分高兴。乌拉波拉还在气呼呼地咕噜着,他先在长烟管里装了一斗烟,然后开始讲他的故事。

"有一个富人,他拥有许多的矿坑、轮船和工厂。

他的写字楼里放着一只奇异的金刚钻戒指。这钻石大得像一颗蚕豆，射出万道光芒，好像是着了火一样。估起价来，总要值几千块钱，他穿的衣服都是用金子做的。

"钻戒旁边躺着一支朴素的铅笔，身上只穿一件杉木制的棕色外套。他整个早上都给主人定计划和写数字，现在已经办公完毕，是该休息的时候了。室内非常静寂，只有那老钟按着徐缓的节拍——'滴……答……滴……答！'

"铅笔在微睡中忽然听见附近有一个文雅的声音。那是金刚石。

"'这里真闷气，'他说，'我这样的人，惯常出入于豪华的交际场和狂欢的舞会，耳闻目睹都是些赏心悦目的事情，真不该住在这样的地方。'

"那个穿着杉木外套的平凡人物却不作声。他还很疲倦，只想睡觉，不想讲话。

"金刚石很生气。'好不懂礼貌的家伙，'他想，'我看他一点也不知道我是什么样的人。'于是他尽力闪着光兴奋地说：'请允许我自己介绍一下。我的名字叫金刚石男爵，是从南非来的。我的妻子名字叫珍珠，

她是世袭的伯爵夫人,出生于一个代代贵显的望族。她和海洋的统治者海王有着很近的亲戚关系。'

"'我的名字叫铅笔,'另一个说,'只是这屋子里一个平凡的仆人,只知道做我的工,别人的事我不大去管。'

"'老是给人家做工,是多么无聊啊。我就不高兴这样做!'

"'一点也不无聊!'铅笔反斥道,'我对工作是很有兴趣的,因为我第一个知道主人的一切新计划,这些计划以后将成为全世界所讨论的题目。金融家和新闻记者早已在等着采访我们这些新计划的内容了。我今早写的东西发表出去以后,几百个工程师和几千个工人就将获得工作。你看,那边的笔座先生,乃是我的劲敌。他因为不会做这件工作,正在自己怄气呢。因为在我们,做工是第一大事,而在你们,却是作乐。'

"'这要看各人的地位,'男爵傲慢地说,'我也有个劲敌,就是红宝石爵士。有时候我的主人也戴着他,不过他到底不及我这样华丽,在高贵社会里是没有他的地位的。他的闪光只像一滴血,而我却能发出五彩

的虹光，无论什么人只要一瞥就能认识我的族系，认识我的价值！'

"'对对对，你已经说过了，'铅笔说，'不过你实在没有什么用处，如果我们这班人不辛勤地做工，给主人赚一笔大钱，他就买不起你。'

"'喔，世界上当然也要有做工的人，不是所有人都平等的。'金刚石辩驳道，'不过我也没有办法，工作不是我分内的事。它太单调了。你老是在这里做着同样的事情，自然见识不广。然而我走过不少码头，饱尝人生的滋味，很知道怎样去生活！'

"'那么请你告诉我，外面的世界究竟是怎样的，'铅笔说，'这些事我很高兴听，因为我忙着工作，就从没有工夫来看看外面的世界！'

"'这故事很长，'金刚石说，'不过既然你喜欢听，我不妨给你讲讲。高贵的绅士有时候是应该给可怜的人帮些忙的。现在你听着——我和我的弟兄都出生在南非。我们深深潜伏在岩石里，潜伏在地球的怀抱里。你应该知道，凡是人家日常看得见的东西，都是不值钱的，你要是能够遁世绝俗，那么人家就会把你当贵人看

待了。'

"'有一天,那里来了一大批黑色的工人,他们不住地在地上锄着,铲着,在寻找我们。为了预防我们跑进他们的衣袋里,他们就只得裸体做工。在印度和巴西,也有人在找寻金刚石,不过无论哪里的金刚石都不及我故乡南非找到的那样巨大、那样华丽。在我的弟兄中,有许多比我更为高贵。其中最大的属于英王所有,他的名字叫*库利南*①,大得像小孩子的拳头一样,足足有一磅多重,身价要值80万金镑。当他被发现时,怕路上被人抢劫,英政府曾经派了一大队的警察,把他护送到伦敦去的。还有一位叫*爱克沙修*②也是从这个地方来的,有库利南一半大,约值60万金镑。但那位著名的*库稀努尔*③却是从印度来的。他是我的亲戚,也属于英王所有,约值14万金镑。'

---

① 库利南,1905年1月21日被发现于南非普列米尔矿山,重3106克拉。——编者注
② 爱克沙修,1893年发现于南非钻石矿,重995.2克拉,其品质极佳,故取名"Excelsior",意为"高贵无比"。——编者注
③ 库稀努尔,意为"光之山",是世界上已知最古老的钻石,相传于13世纪发现于印度的哥尔贡达,重约800克拉。——编者注

"'是的，世界之大，无奇不有，你且听听我的经历。有一天，一把鹤嘴锄正在我附近的地上工作，随后就来了一把铁铲，把我连同各种乱石，一股脑儿都抛到一辆独轮车上去了。后来这些乱石被送到一个小屋里去细细检查，而我，恰巧躲在独轮车的角落里，加上浑身遮着厚厚的泥土，又肮脏，又难看，所以没被发现。那个把空车子推回去的黑人，恰巧注意到了我。他连忙把我挟在腋下，想要把我占有，可是他的一个同伴看见了，结果他们俩就商定一同逃走，预备将我带到开普敦甚或欧洲去出卖。'

"'在夜雾中，他们真的向荒野逃去。然而贪心的人总不会有好结果。当一人熟睡时，另一人乘机把他刺死，夺了我再逃：这时候矿上的警察已在搜寻这两个工人了，因为谁都猜得到，他们之所以失踪，无非是偷走一颗很值钱的金刚石。因此那个凶手兼穷贼，为了避免被抓住和送命，专拣偏僻的树林逃。最后他在荒野里迷了路，因为没有食物，凄惨地被饿死。一直到好几个星期以后，才有人发现他的尸体，在他的手里发现了赃物——我。'

"'由此可见,你这种高贵的身份是一点用处也没有的,'铅笔插嘴说,'我相信这饿死鬼在最后的弥留之际,一定愿意拿你来换一块硬面包的!'

"'也许会,朋友!'金刚石略有一点卑屈的神气,但还是偏于辩驳,'那家伙原该识相一点,不要来碰着我。但是你且听我说下去!我是回到我真正的主人那里去了。不久我去了荷兰的首都阿姆斯特丹,凡是有实力、有名望的金刚石商人和金刚石匠人都住在这里。我到了这个时候才真正迸发出本来的光彩,原来每一颗金刚石从泥土中发掘出来的时候,都是和普通石子一样的。一定要经过琢磨以后,才能透光,才能闪光。经过琢磨的金刚石反射光线的能力要比原来强上千倍呢。之后,我到了一个金匠那里,他给我涂了一条黄金的腰带,接着我又到了巴黎,躺在聚光灯下一个蓝天鹅绒垫子上,所有走过的人都停下来啧啧称赞——好一颗华贵的钻石!太太们望着我不忍离去,她们的眼里藏着无限的爱恋,结果却还是叹叹气走开了。'

"在某一个晚上,一件可怕的事情发生了。有人从一条冷清的街上走来,像闪电一样地用铁锤把玻璃打碎，把我抢去了。他飞一般地穿过了大街小巷，时而向左转，时而向右转，但结果却还是没能逃脱。原来看门人一听见玻璃的碎裂声，就立即跑出来追赶。在一间屋子的暗角落里，他被捉住了。这事使我名声大振，报纸上原原本本地在登载了事情始末，那个窃贼被判了好几年的监禁。我被救了回来，重新躺在天鹅绒的垫子里，走过的人对我更加青睐——这就是那个失窃过的金刚石啊！

"后来有一位绅士到这珠宝店里来，臂膀里挽着一位美丽迷人的姑娘，她是巴黎伟大剧院里的当红舞星。那个憔悴而严肃的绅士爱着她，胜过爱自己的生命和名誉。她看中了我，几次三番请求绅士买我去做她的颈饰。这个严肃的绅士踌躇不决了好一会，但最终答应了，于是我就属于这个大众艺人所有了。在那天晚上，我第一次被套上小小的金链子，悬挂在她雪白的脖子上，在近千盏电灯的下面，我一闪一闪地跟她在舞台上跳。这是何等的荣耀啊！耳朵里听见的是美丽动听的音乐，眼睛里看见的是鲜艳绚丽的颜色！几千人用他们的观剧镜来望着我。乐坏了先生们，羡煞了太太们（尤

有一位绅士到这珠宝店里来

其是那些年老难看的）。太太们说这是对她们的一种侮辱，但是我却不懂得她们的意思。

"最后不幸的事情发生了。在某个晚上，如泣如诉的音乐正充盈在空阔的剧场，萦绕在金碧辉煌的雕桩和红天鹅绒的厢座之间。漂亮的姑娘穿着轻软如云的衣服，拥着我跳舞。就在这时候，那个憔悴而严肃的绅士却正在他家里的写字台边结账。他写了几封信给他任职经理的大银行，在这些信里，他说明私自挪用了大量账款，无力清偿，所以只有一死；随后他就从抽屉里拿出一件亮闪闪的东西来，砰的一声，自杀了。

"铅笔见这贵族化的家伙离自己这么近，觉得浑身难受，恨不能拔起脚来开溜。'天哪！'他说，'你的文雅和美丽只会招灾惹祸，毫无用处。我不像你这样贵族化，真是万幸！'

"'哎呀，'男爵傲然笑道，'对于愚笨的人，我有什么好说呢？后来，这件事情又登载在报纸上，虽然这对我是一种莫大的侮辱，但我的名气却更大了。可惜的是，银行经理的死也给那舞女带来了不幸；她只得离开了剧院，同时把我变卖了去。舞女穷苦潦倒，漂流在异乡,结果也穷困地死去。最后,我就来到现在的主人这里,他把我镶嵌在戒指上,我的故事也就到此为止。你看,世人曾经宠爱过我,羡慕过我,现在我已经成为名流而跻身于贵族中了。'

"铅笔没有回答;他不知道应该说些什么话才好,照他想来,这男爵(包括他的妻子,就是那出身名门的珍珠——世袭的伯爵夫人)既不见得有特别可敬之处,也谈不上真正高贵。这时候,屋子角落里忽然发出低沉的叫声,使他从沉思中清醒过来,金刚石也被震得耳朵直响——'亲爱的先生,你带来的只有不幸和灾祸,这有什么值得夸耀的呢?'

"在角落里有一座华美的火炉,炉壁的荷兰砖映出绿色的光,火炉近旁有一双精美的装煤箱子,箱子旁边放着一把镍柄的小铲,从云母片间望进去,可以看到红热发光的煤。金刚石和铅笔看见说话的是块很大的煤,平滑而光亮,像是镜子一样。'为了你,'他继续说,'三个家伙都送了性命;还有两个,一个进了牢监,一个受了磨难,就为了你虚荣的闪光!'

"'亲爱的朋友,你说的全是些嫉妒话,只因我是

贵族出身的，而你只是个温暖房间的小工，穿的是这样污秽的衣服，不用铲子，连仆人也不肯来碰你一下！'

"煤放声大笑：'哈哈哈！你这个牛皮大王！我和你以及我的朋友铅笔都出身于同一家族。我们三个原是亲弟兄啊。不过他和我是忠实的工人，而你却是个浪子，引诱人爱慕虚荣！'

"'亲弟兄？怎么是亲弟兄？'金刚石愤愤地辩解道，'一块金刚石怎么能做一块煤和一支铅笔的亲弟兄呢？'

"'是的，这事实虽然有点讨厌，但的确是事实，'煤咆哮说，'我们三个都出生在同一的家族，我们的父亲是碳，铅笔的真名叫石墨，同我一样也是碳，只是我的身体里还含有许多杂质。'

"'我不懂你的话。'金刚石说。

"'这是很简单的，'煤回答说，'你看，在你的前面有一杯养花的水；在窗玻璃上结着冰；在室外正开过一列火车，它的车头里喷出几团水蒸气。他们也像我们一样，是三弟兄。在杯子里的是液态的水，在窗子上的是由水结成的冰，而从机头里喷出来的白云，是汽化

了的水。他们三个都含水,正和我们三个都含碳一样,所以我们是弟兄!'

"'唉!'有身份的金刚石男爵虽然不免有点懊恼,却还是带着谦卑的口气说,'你的话如果可靠,那么我在火里应该跟你一样也会燃烧,而且人们还可以从煤里制造出金刚石了?'

"'一点不错,我高贵的弟兄!人们不但会,并且已经做过!在极热的火焰中,你和我一样会燃烧,亲爱的朋友,早已有人从煤里制造出小小的人造金刚石了,不过制造的程序非常麻烦,那是因为人类还看不懂自然太太的食谱。你得知道,我们三个都是由自然太太烘烤出来的。你所谓的门第就是这样!其实仔细推敲,就会发现同出一门,而且,你是其中最没用的东西。即就你的同类而论,也有和善而辛勤的成员,那就是五金店里用来划玻璃的那种金刚石。他是个忠实而可亲的家伙。固然,他常常发出油灰的味道,你肯定不愿意认他做弟兄,不过我却反倒喜欢他而不喜欢你!'

"'也好,'满肚子不高兴的男爵回答道,'关于我的家谱,你也许比我知道得更详细,不过即使我们之

间存在一种很远的亲属关系，但你总得承认，我是——而且永远是——我们家族中最高贵的成员！'

"'亲爱的先生，'那个黑色工人从火炉中咆哮说，'我不觉得做你的亲属是一种愉快的事。漂亮，当然你比我和我的弟兄铅笔都漂亮，但你的漂亮背后总关联到一些不光彩的人和杀人、抢劫等不光彩的事。我想不出你有一件可以值得称为荣誉的事。我敢自信，虽然我穿的是黑色的衣服，却实在比你更高一等。因为没有了煤，人类的世界就将发生严重的恐慌而终于毁灭。要是我们罢一天工，只就我们的主人而言，所受的损失，就比你和你妻子加起来的价值还要多十倍。我们的力量使成千家工厂开动机器，在人类的大都市中给人光明、给人温暖；我们驱动火车前进，推动轮船驰过广阔的海洋。皇帝和大臣，主人和奴仆，富翁和乞丐都缺不了我们。可如果把世界上所有的金刚石都掷在海里，结果会怎么样呢？应该不会有什么影响吧。'

"'哟！我听见主人进来了，他是不喜欢啰嗦的！再会吧，你这个好虚荣的呆子，请代我致意你的妻子吧！'

"煤'哈哈哈'大笑,声音非常洪亮,尖锐的铅笔也'嘻嘻嘻'偷笑,带着点讽刺的神气,独有男爵气得说不出话来。一会儿,他们都不作声了。

"门被推开了,主人走进室中。他把仆人叫了来:'再加一点煤,天气太冷,我还有许多事情没有弄好呢!'他在书桌边坐下了,拿起铅笔努力地写着。

"那金刚石钻戒被他不在意地推在一旁。他用不着它!

"这就是世态,小朋友,"老乌拉波拉说,"所以你们应该记好这句格言——人不可以貌相。"

第十二章 冰山

早春的某一天,老乌拉波拉舒舒服服地坐在安乐椅里,他的玳瑁眼镜像脚踏车一样架在鼻梁上,小辫子随意摇摆,长烟管里冒出浓厚的白烟。

我们走进屋子的时候,他就是这样坐在烟雾弥漫的书房里读报纸。

"小朋友,"他说,"你们大概听到过,有一艘豪华游轮沉没了,上千条好人丢了性命,都随船沉入海底。这新闻报纸上记载得很详尽。据说造成这次惨剧的原因是由于冰山,如果你们感兴趣,我就来讲一个冰山的故事。这事发生在许多年以前,它的经过情形也和现在报纸上所记载的大致相同。谈到这个题目就要从十分寒冷的地方开始,我们先让克莉丝蒂娜去弄一点热茶来,然后大家围坐火炉旁边,做一次冰天雪地的格陵兰旅行吧。

"嗯,格陵兰是地球上一处不很欢迎人去居住的地方。在那里居住的是因纽特人和少数捕捉海豹和鲸鱼的人,此外就只有些驯鹿在搜寻藏在冰雪底下的食物——灰绿色的苔藓。是的,那里是冰山的家,今天咱们就聊聊关于它的故事。在那里,一年当中没有几个星期能见到阳光,冰冷的北风席卷着整个的严寒黑暗的冰原,温度计下降到-50℃左右。这是北极的外客厅。冰和雪越积越高,整个陆地上遮着一层冰,厚达四五公里。在这冰上,只能看见几个山峰探出头来,像海里的小岛一样。但是新鲜的冰还在继续地累加上去,结果陆地容纳不下这些,就慢慢地,慢慢地把巨大的冰流推向比较温暖的海岸。这种巨大无比的冰流不下几千米,通常叫作冰川。像这样一个冰川,就是我们所说的冰山的母亲。渐渐地,这寒冷的冰流滑向海边去了。黑夜已经连续好几个星期了。太阳老是躲在地平线下,只有天上的繁星映在闪烁的冰墙上,还有那奇异的绿色北极光照耀着北方寒冷沉寂的世界。

"海岸很陡峭,高耸在激流上面。当冰流到达了海岸以后,就有非常巨大的冰块突出在空中,恰当陆地尽头和海洋开始的地方。冰块间不时发出一阵破裂的声音。接着是冰块上显出无数的裂痕,于是那悬空的大冰块就突然滑了下去。这样一块大冰,你简直可以在它的上面造下十来幢房屋,现在它脱离了母体冰川冲到怒涛汹涌的海里,于是海面立即掀起巨浪,搅起漩涡,向天空伸出一条白色的水柱。

"这就是冰山降生时的情形!

"它在寒冷的海水中像是一座漂浮的宫堡,上面有'高塔''碉堡''尖顶楼',慢慢地被海流从海岸边移开去了。它渐渐南进,经过巴芬岛,沿拉布拉达海岸,直达北美,最后流入大西洋。

"你们听着,冰山离开家乡越是向南方漂流,天气就越变得温暖。后来,太阳也出现了。它像是一个暗红色的圆球,出现在近地平线的天空中,滚过水面,又像是一个喷火的轮子。现在我们的冰山看去是怎样的一副形容呢?真是奇观!它已经变成一座魔宫了。远远望去,简直像是一个焚烧着的炮台。火红的太阳映在闪光的冰墙上,好像是从墙里喷射出来的一束束火焰,因为在这个水晶的宫堡上已经现出许多的裂纹,它把太阳光分散了,就像金刚钻一样地闪出五彩的虹光。

"冰山越漂向南方,太阳升得就越高,它的光也变得越暖。阳光渐渐在浮宫里融出了一条条深深的槽。水从每个角落里流下来,凝成了几千条巨大的冰箸,像橡树一般地粗,像电线杆一般长,悬挂在浮宫的四周。太阳的温热已经给这水晶宫开了门,立了柱,在里面筑成各式各样的楼台亭阁。在正午,这座魔宫浮在碧蓝的波浪里射出炫目的白光;在傍晚,太阳沉入海底之前,它闪耀着一抹火红色的光;到了夜间,月光普照,它又在水晶的画廊里映出绿色的光。

"冰山像教堂一般地高耸在水面上,但同时它没于水下的部分比在水上的可见部分更不知道要大多少倍,因为它太重，有极大部分是沉在水里的。

"但是在某一天，海上刮着大风，于是不幸的事情就发生了！原来冰山的南部已经被太阳光和水里的暖流融去了许多，它的身体已经失去了平衡。四周的墙壁都渐渐开始倾斜，同时它北部的基底也慢慢升上水面。当一股猛烈的大风吹向冰墙的时候，整个的大冰山就翻了个身。

"冰山的这个翻身，也把海水从深深的海底翻了个身，激起的巨浪一直伸展到近两公里的地方。只见白色的水沫在空中飞舞；冰山四周的海水形成了一圈圈漩涡，发出咯咯的响声。等到这场风波平息以后，那座水晶宫继续顺着潮流的推送，还是缓缓地沿着纽芬兰的海岸前进。

"大群的海鸥栖息在冰山顶上，时时展开银色的翅膀飞去，然后尖嘴里衔了一条小鱼又匆匆飞回。

"冰山越漂越远，终于行近了从纽芬兰到英国的航路了。

"大汽船北极星号正在黑暗中慢慢地航行。船顶上闪烁着星光，船底下飞溅着白色的浪花。舵工杰姆头戴雨帽，短大衣外又罩上了一件油布衣，站定在他的岗位上向黑暗中探望着。他嘴里嚼着一大口烟草；他的脚伸在油光光的长筒皮靴里，在一左一右地顿着。

"船长慢吞吞地跑近杰姆，灰色的长胡子在风里飘拂着。'杰姆，'他说，'我们已行近海峡了，现在你要留心，这里有可恶的冰山，从北方向南方漂来。这时候你得闭拢嘴巴，睁开眼睛，若被那些东西拦腰一撞，就要了我们大家的命，我已经派了两个好眼力的人来帮你的忙，叫他们在黑暗中小心侦察——人的精力有限，长期集中注意力是难免有什么差池的。'

"'我的鼻子很灵敏，船长，要是真碰到了冰山，我能够嗅得出来，'老舵工照着海员的老规矩，把嘴里的烟块熟练地吐在两三米以外的甲板上，然后回答说，'在这里，我常常碰到这些可恶的东西，当它们在黑暗中靠近过来的时候，我简直连骨头里都能感觉得到。但是最靠得住的自然是温度计！'

"'是的，温度计是最靠得住的哨兵。我们这船上现在已有四支温度计：两支用来测水温，一支挂在右舷，一支挂在左舷；还有两支用来测气温，挂在驾驶室的两边。它们可以准确地指示出水和空气温度是否在下降。因为这种大冰山能放出大量的冷空气,当它们漂近船边来的时候,我们在相当远的地方就从温度计上觉察。'

"'让我来留心水里的温度计,杰姆,你去留心空气里的温度计,'船长说过,就摆出海员特有的姿态,一摇一摆地走出驾驶室去了。

"波浪发出哀怨的声音,桅顶的红绿信号光和白色的灯光在水面上交互辉映,猎户座的腰带[①]出现在地平线上,银河像灿烂的丝带张在天空。许许多多的眼睛一齐向黑暗中注视,提防着像屋子那么高的冰山突然出现在船边,引起不幸。

"天空的明星都慢慢地戴上了面纱,船首的灯光投射出无数小小的光束,海面上发生夜雾了。开头,还只是一种薄雾,后来很快浓密起来。大约经过一小时的光景,他们都被包围在密密层层的白雾里,什么东西也看不见了。

---

① 猎户星座中央斜列的三颗星,通常认作猎户的腰带。——译者注

"阴沉的雾角悠悠扬扬地冲破了孤寂的海面,警告不能看见北极星号的一切来往船只。海员们都竖起了耳朵,留心着有没有从远处传来的回答声音。

"杰姆是一味地焦躁,发出各式各样的骂声,嘴巴里拼命嚼着烟块。雾珠从他的油布衣上淌下来,汇成巨大的水滴,他的胡子也湿润了。这时船长又走回来。

"'事情可有点麻烦,杰姆,'他恨恨地说,'雾在这里往往是个不祥的预兆。那些可恶的东西把空气冷却了,就会生雾。我可以打赌,这附近一定有冰山。只是我们的视线怎么能够穿透这白雾去发现它们呢?现在我们简直是束手无策,只能把命运交给上帝和温度计了。'

"'对啊,先生,'舵工回答说,'在纽芬兰海岸的附近,简直是上帝遗忘的地方。据说这里是恶魔出没的场所。只是我的鼻子能够嗅出这种可恶东西,而此刻我还嗅不到什么气味!'

"'只要今晚能够挨得过去,朋友,'船长说,'明天早上我们就可以跑出这危险地带,在白天总不像在夜间那样可怕。现在我要去看看那两支温度计了!'

"他的背影在密雾里消失了。

"半小时以后,杰姆忽然在黑暗中大叫起来:'船长,我已经嗅到了气息。有一股冷气正在向着左舷而来,那一定是冰山。'

"'天哪!'船长惊叫道,'但愿它不是!不过,水中的温度计似乎已下降了半度;半度,我想,该总没有什么关系吧!'

"'不过,船长,我已经嗅到了强烈的气息。我可以拿我的生命来打赌,那一定是冰山!'

"船长又回去看温度计。不久他就急急忙忙地赶了回来。'杰姆,真的,真的,温度计在下降了!'

"'是啊,是啊,船长,这里的空气温度计也在下降呢。该死,该死,那个可恶的东西已经近在面前了!'

"'可不是么?你猜它在什么地方?它是向着哪里漂的?是在我们前面?在我们后面?是从左舷来的?我们有没有经过它,还是正在行近它?离我们很远还是很近?我们是在千钧一发的最后关头了!'

"船长的额上蹙起了一条条的皱纹。这条船,这些货物，这些乘客，这些船员，都要由他负责。现在北极星号的邻近有一个危险的敌人，这样的敌人是世界上任何航海家所不能防御的①。由于冰山位置的无法确定，一切的机谋策略都毫无用处。无论他们采取怎样的戒备，他们总不能防止与这庞大的冰山相碰撞的可能。

"'船长，'舵工说，'我们既然自知无可幸免，就得振作起精神来准备应付一切。也许在冰山到了可见的距离以内，我们还来得及做最后的挣扎吧。'

"船长急忙跑走了。他召集了全体的船员，详细地说明了万一撞到冰山应该怎样救护，又命令把航行的速度减慢下来。此外他就再也不能想什么办法了。所有的眼睛都向黑暗中注视着。

"船上异常静寂。远处隐隐约约有雾角的声音。水波轻轻地打在船边，航行的速度已渐渐慢下来了。大家都屏息静气地守望着这个躲在不可知地方的不可见敌人——冰山。

"突然，有一统灰白色的墙壁朦胧地出现在他们

---

① 现在已发明了可以穿透夜雾的望远镜，冰山不是不能防御的了。——译者注

第十二章 _201

这就是冰山

的面前，虽然映着船上的灯光，但也只能隐约可辨。它像魔鬼般地倏然而至，形状很古怪，上面悬挂水晶的灯彩，耸立着螺旋的高塔；是一个像巨人一样的怪物，隐蔽在雾障的后面。这就是冰山！

"一阵冷风吹过。所有的人都发抖。

"大家不再踌躇，都立即开始工作了。舵工把船首远离冰山，推进器很快地反向转动，一切的努力都在避免与冰山的可怕冲撞。由于这船原在向前进行，所以现在虽然立即把推进器逆转，结果也只是把前进的速度减慢些罢了。船与冰山简直好像是在互相追逐着的两条野狗。接着就听见船底发出咯咯的破裂声，轧轧的摩擦声。原来北极星号的龙骨已经撞着了冰山没在水下的基底了，不过这时候它漂流的速度并不大，还不致有严重的损害。冰山的上部现在已经离船很近了，它反射着左舷的红色灯光，似乎有小小的火焰从冰块的隙缝和裂痕里迸发出来。北极星号因为和大冰山的基底相触，所以猛烈地颠动，船身也略有倾侧。现在它的舵转换了方向，引擎把船忽而推向前，忽而推向后，于是只听见轧轧地一阵响，那龙骨就从冰块上滑了下来。最初速度很慢，然后逐渐增加，终于脱离了冰山。

"由于桅顶灯光的照明，大家看见那座灿烂的浮宫，已经悄悄地像魔鬼般从北极星号的船首漂过了。不久，它的表面照着右舷的灯光，射出一片绿色，终于那个危险东西慢慢地向南漂去，像一个黯淡的幻影，消失在密雾之中。

"'他妈的！'舵工杰姆高声地嚷道，'那真是个可怕的噩梦！以后就是给我一箱黄金我也不愿意再干这差事了！'

"到这时候他才发现嘴里的烟块已经嚼完，他严肃地摇了摇鬓发灰白的头，想起在最近20年来，像这样的大危难还是第一次碰到。他觉得这次脱险并不全凭幸运，至少是经过了一番小小的斗争，还有，他的鼻子能够在肉眼未发现以前就嗅出它的气味，这功绩也是不可埋没的。

"'好，杰姆，'船长说，'靠上帝保佑，我们终于又把难关逃过了。'的确，只差一点儿这北极星号会被北来的冰山撞个粉碎，像破帽笼儿一样呢！'诸位，'他大叫道，'我想大家去痛饮一杯该不算是过

分。一切责任都由我来担当。'

"说着他跳开了。北极星号又依着它正规的航路，朝东向欧洲进发。

"冰山漂啊漂，向更热的地方漂去。太阳光越来越热，舐着每一处暴露的地方，海水越来越暖，把冰山渐渐消融，所以它的身体就慢慢地消瘦了。它随时在失去平衡；翻着筋斗；上面的高塔融化了，圆柱倒下了，悬空的游廊滴下来像烛泪一般；它已变得非常渺小，没什么人再看得起它了。

"这个北方的冰儿子就这样漂近非洲海岸。当摩洛哥棕榈树林远远地出现在海面时，连最后的一片薄冰也融在暖流里，冰山已不再是冰山了。"

第十三章 老树

"小朋友,现在我要给你们讲一棵老树的故事,这棵老树站在静寂的森林里已经有百来年了,但是最后却落得一个意想不到的结局。

"它的躯干生得十分挺直,这在它自己想来,自然是十分荣耀的。它身上穿着一件深绿色的针状衣服,既厚且密,当风儿吹过森林,冲进了老树的枝干间时,那些枯枝就发生一阵像鹳鸟挟啄的声音。丛丛针叶发出松脂的清香,小鸟栖息在这上面唱着新歌。啄木鸟向树干剥啄,声音嘈杂,往往使老树觉得头痛,小松鼠往来追逐,在浓密的枝荫里玩着捉迷藏的游戏。

"到了冬天,松树广阔的手臂上积满了大堆的雪,每当积雪冻结时,树枝上就缀满了无数晶莹的钻石,时时发出响声。雌鹿和雄鹿在树脚边东嗅西嗅地寻找食物。狐狸竖起了耳朵,在树干背后东奔西走,等着野兔的光顾。夜间常有猫头鹰飞来,坐在树顶头呜呜地啼叫,像是襁褓中的婴孩一样。

"一年中最可爱的时候是在夏天,太阳是那么暖和,小鸟的鸣声是那么婉转。但某一天,那里忽然来了一个老公公和一个老婆婆。他们手挽着手,停步在大松树脚下。

"'就是这一棵,'老人说。他擦擦眼镜,然后向树干四周检视了一遍,触着那开裂了的树皮。

"突然他快活地叫了起来,'是的,就是这一棵!喔,太久了,在那个时候,我们是多年轻啊!'

"一点也不错,原来在老树的树皮上果然刻着一个心形,在心形下边好像还有两个字母,不过因为时间太久，经许多年来风雨的剥蚀，早已看不清楚了。啊，40年不是一个很短的时间，当这位老公公在树皮上刻这个记号的时候，他还是个少年哩。这对老情人在树旁默默地站立了好一会，才手挽着手慢慢走开了。

"像这样一棵老树，实在是一个很忠实的朋友。年轻的猎场守护员，每当太阳正射在地面的正午，时常到这树底下来休息，因此他爱这老树，像爱他的亲兄弟一样。

"可是在某一天，所有的一切都发生变化。伐木人带来了明亮的锯子和锋利的斧头，给许多树执行了死刑。林场监督跑来，在我们这老松树的树干上画了三个十字，那记号便是死刑判决书。

"'对不起得很，老朋友，'监督说：'不过这是没有办法的事，因为世界正需要木材！'

"是的，这真没有办法！好几个工人跑来锯这老树的树干，小鸟听见老树的呻吟，都惊惶地飞走了。在树顶筑巢的林鸟也只好赶快搬家。它停息在邻近的树上，啧啧嘈嘈地大骂那些破坏森林和平的人。

"接着，工人在树上缚了一根绳子，一面拉，一面

这对老情人在树旁默默地站立了好一会儿

喊'嘿哟！嘿哟！'于是扑腾的一声，这松树就翻倒在满生苔藓的地面上了。

"他们先把大枝小芽砍下；更把厚厚的棕色树皮剥去，结果就只剩下一段长长的赤裸树干，像尸体一样躺在森林中。几天以后，那里又开来了一辆巨大的驾着四匹马的货车，于是这树干就被拖出它绿色的家，到城中的锯木厂去了。

"锯子早晚都在叽咕叽咕地唱着，把那树干锯成了许多木片。于是切木机又把所有的木片都切成了几千支小木条。锯木厂真是个可怕的地方。它吞下了整个森林，凡是喜爱青葱树木的人，都忍受不了那些满生狼牙的雪亮锯子。

"几个月以后，在春暄的轻抚之下，那对老情人又到森林里来散步了，但是这一回他们找遍四处也找不到那棵老树。只有一个粗大的树墩还在矗立在地面上。他们站在那里凭吊了好一会，临去时，老婆婆禁不住流下泪来。

"年轻的猎场守护员发现了他心爱的松树已被人锯去，也只好顿足大骂一顿，把枪摔上肩头回家去了。

"就在这个期间，从老树切成的小木条，是越跑越远了。它们跑进了一个很大的工厂，那是一个造纸厂。工人把它们投入一个巨大的铁球里面，混合了一些猛烈的腐蚀药品，加热蒸煮，结果这棵老松树就被造成了厚厚的纸浆。纸浆经漂白以后，就和水流泻在一个回转不息的漉网上，滤去水分，你瞧，这纸浆就已变成薄薄的像毛毯一类的东西了。这条大毛毯再在许多大大小小的转筒中间穿过，经碾压熨烫以后，就一变而为美丽光滑的纸张了。

"真的，当我们想到一棵老树可以做成许许多多的东西，不禁要惊奇起来！

"然而人家都说，纸张虽然美丽，要是不经过书写或印刷，也没有什么用处。住在大城市里的长发诗人，也是这样说。因此他取了两张美丽的白纸，用笔蘸了些墨水，在纸上写满了诗歌，他歌颂森林中绿色的树木，在树枝上筑巢的小鸟，说世界上最美丽的情境莫过于在寂静的树林中，听风动树巅，发出飒飒的声音。可是他绝不想到，要不是牺牲老树的生命，他就不能在纸上写出对于森林的颂歌。

"从这松树干所制成的纸张，大部分送到某大印刷厂里去了，关于森林的颂歌，刚巧由这一家印刷厂承印，印数是一万册。因此从这松树就产生了一万册的书，行销于全世界。

"其中有一册，流传到年轻的猎场守护员手中。他拿了这册诗集到杉树和山毛榉的绿荫中，在一株高大的树底下躺下来开始朗诵。

"'胡说八道！'他冒火地说。'就是城市里的人来把树木锯了去，把它们造成纸张，印成书籍，而书上却鼓励人到森林里去，并保持森林的圣洁。连篇鬼话，也不怕丢脸！可怜的是我们这老树竟为此牺牲，实在太不值得！'说着他拿起这诗集来重重地一甩，就把它向树林中远远地甩去。

"这诗集躺在地上经过了许多的时间！蚂蚁在书页间爬过。狐狸怀疑地嗅着嗅着，猜不透这是个什么东西。林鸟在上面哜哜嘈嘈地叫着，它对于诗歌更是莫名其妙。太阳把纸漂黄了，晒枯了；雨点浸湿它，浓霜冻结它，小鼠咬它，冬天的雪又把它溶成纸浆。纸浆慢慢地渗入地下，而就在这地方有一棵小松树在生长起来。它纤细的根努力地吸收养分，于是这本从老松树中产生出来的书，腐烂了之后就又回到小松树里去了。"

第十四章　奇异的世界

那是在一个可爱的晚上。乌拉波拉花园里的接骨木树都开着花，天气是又暖和又平静。

"看啊，这些星多么明亮！"老人说，"让我们架起一座望远镜来，看看天象吧。"

于是我们把天文望远镜架在一棵树底下，乌拉波拉就指示我们看月亮和各种星。

喔，在这个星海中有着多少世界啊！有许许多多的太阳，许许多多的行星，许许多多的彗星。我们这地球好像大苹果树上的一个苹果，在它的四周，还有千千万万其他的苹果。用了这望远镜，我们竟能清清楚楚地看见其他星球上的山谷、云雾以及田野、江湖等。

"快来看，"老人说，"你们望见在那边浮着的暗淡小球吗？那是一颗很远的行星，名字叫'天王星'。它离我们这么远，我们几乎很难看到它，这星球非常寒冷，因为它距离太阳太远，阳光已很难照到了。是的，这是一个奇异的世界，关于它，我可以给你们讲一个奇异的故事。我们且到那棵满攀着蔓草的大树底下去坐，浴着似水的月光，畅谈那遥远的天王星上的世界吧。"

"现在你们听着！有一个研究天文学的老教授，他坐在大望远镜的旁边，正从这镜里瞭望着天上的繁星，那遥远的空间中有许多恒星和许多彗星。但是其中最美丽的是行星，因为你可以在行星上见到陆地和海洋，还有白色的雪和叆叇①的云。

"'唉，'老教授叹了口气，'要真能到这种星球上去跑一趟该多有趣，现在我们虽然有了望远镜，但

---

① 叆叇（ài dài），形容浓云蔽日。——编者注

总比不上亲身体验。我可以发誓,如果死去之后真能升入天国,那我第一件事就是到这遥远的星球上去旅行一次。'

"老教授这样地想着想着,在他的皮椅子里睡着了。因为那时候已过半夜,再加上接骨木花放出的浓烈香气,颇有让人沉醉的感觉。

"突然,观象台的门开了,走进来的是死神。他穿一件黑色的外套,戴着一顶黑色的垂边帽子。他走近天文学家说:'亲爱的教授,你的生命机件已经停止了。如果你愿意,不妨到别的世界去走走,你已经在下界望了70年的星,现在可以到上面去亲自观察一下,并且还可以看看你自己的地球,它不过是悬浮在空间中的一个小小星球!'

"教授有个老仆名叫克里斯辛,已经跟教授相处了三十多年。他原也在椅子里打盹,这时忽然醒来,惊奇地擦了擦眼睛。不得了!他看见死神站在主人的旁边,正要领他离去。

"'克里斯辛,'教授说,'我们相处已久,实在分不开,所以我想你还是跟我一起去吧!'

"'好极了,'老仆说,'这实在是个两全的办法,因为你在天国里没有我,怎么过得下去呢?你的记忆太差,时常乱放东西,老是在找寻眼镜啦、鼻烟盒啦、手帕啦、洋伞啦;在出外去散步的时候,也常常忘戴帽子、穿大衣,所以最好是我跟你去。要是我一个人留在这世界上,也没什么事好做呢!'

"'我赞成!'死神说,'老克里斯辛的机件走得也不怎么快了。所以这倒是一个很好的机会。'

"'对啊。'老教授回答。他从椅子里站起来,又吸了一撮鼻烟,向门边走去。

"'慢走,'克里斯辛喊,'不要把你的洋伞忘了,从此以后我们也买不到新伞哩。'

"于是他们就跟了死神开步出发,在一阵狂风中升登天国。死神把公事办理清楚,打了个招呼也就走开了。

"'啊,久仰久仰,你就是著名的平方根教授吗?'天神捻着白须说。

"'不,不,'教授摇摇头说,'这并不是我的名字;我只写过一大册关于平方根的书!'

"'啊哟，真对不起！'天神说，'我怎么这样糊涂，竟把你的著作和名字都混起来了。好，现在且跟我来吧，我要替你找一处好的地方住下来，让你可以整天看星。只是你不能到别的教授那里去，他们都独居一室不相往来。要不是这样，他们迟早就要吵架，而在天国里吵架是绝对禁止的。好，到了，你向左转到第三号房间里去拿一对翅膀，住在天国里你必须要有翅膀！'

"'唉！'教授叹了一口气，'我一点也不想进天国来，我只要求一件事！'

"'请讲出来，'天神说，'也许我可以答应你。'

"'你想，'教授说，'我在地球上毕生用望远镜来观察其他天体；现在我很想到一个较远的星球上去参观一次。'

"'你要到哪一个星球上去呢？'

"'我所住的地球，离太阳很近，我很想去参观一个离太阳较远而又和地球相类似的星球。譬如说，就是天王星吧！'

"'哼，'天神说，'那并不是个好玩的地方，那里冷得厉害；只是我也并不反对你，常言道，爱吃羊肉不怕膻——不过我得声明：你此去不能超过四星期，因为你身体里的机件已经停止了，凡是人的机件既经停止，要不进天国就入地狱。这是神的安排，无法更改的。还有这个人呢？他也要到天王星去吗？'

"'我宁愿住在暖和的天国，遥望着远处的世界，'老克里斯辛说，'只是我主人既然这样决定，我也不能一个人留在这里。'

"'好，那么你们去等在天国的门边吧，停一会儿有个星球使者会来带你们到选定的世界上去。待四星期以后，他会再带你们回来。好，再会！喔！慢！不要忘了你的洋伞！'

"天神不见了。

"教授突然觉得被一只不可见的手所举起。耳边只听见一种巨大的鼓翅声，身体飞向空中，像兜着了飓风一样。教授突然迷迷糊糊地看不见东西，也听不到声音，等到他恢复神志，就觉得身已着地，并且耳边有像从喇叭里传出的声音：'你已经如愿到天王星上了。这是你的洋伞。再会！'

"又是震耳的鼓翅的声音,那个隐身的星球使者很快飞远了。

"老教授感觉到的第一件事便是可怕的寒冷。不一会,他的呼气甚至会在他的嘴巴四周结成冰箸,他的血管里的血液几乎要凝成冰块。这可把天文学家急坏了,唯一的办法只有快快奔跑,使体温增加一点。可是结果却几乎一步也不能移动。他的身体好像已变成了铅块,重得抬不起脚,虽然用尽浑身的力气,也只能极缓慢地前进。

"老克里斯辛挟了青灰色的洋伞,拖着沉重的脚步,跟随在后面。

"'天啊,先生,'最后他站定了叹气地说,'这是个多悲惨的世界啊!四肢里这样寒冷,又这样沉重。我们一定是离开了天国进入地狱了吧!'

"'克里斯辛,不要一开头就这么灰心!天王星与太阳的距离比地球与太阳的大十几倍,自然是要比地球上冷许多。这是我早就知道了的。并且,这星球比地球差不多要大百来倍,因此它吸引一切物体的力也就强了许多。这正如大磁铁和小磁铁一样。我们在这里之所以

觉得特别沉重，原因就在于此。这都是顺理成章的。'

"'好个顺理成章，'克里斯辛大声说，'我们的鼻子冻裂了，我们的腿粘在地上了！'

"四周是漆黑一团，繁星在天上闪烁。在地上见不到一棵树或一根草，更见不到一点人迹，远远望去也没有光可以证明有人住在那边。天王星的世界似乎已经死灭，人类早已绝迹了。

"各处只见矗立着大块的冰，反射着淡淡的星光。真正的地面已完全埋藏在冰底下。由于这世界上的气候极度寒冷，因此无论如何不会有液态的水。

"忽然地平线下面渐渐明亮起来了，不久他们就看见一道灰白色的幽暗月光。

"'我的天，'克里斯辛感慨地说，'在这个可怜的星球上，连月亮也这样不中用，它的光微弱得像是一盏冒烟的油灯。'

"'看啊，'教授大声说，'又有一个月亮在升起来了。'

"'是的，还有第三个呢，不过形体更小。在这里月亮真是不值钱！'

"'天王星共有四个月亮。若用大望远镜在地球上观察，是可以看得很明白的。'

"'不过即使把这四个月亮合在一起也没什么了不起的。'老仆咕噜着说。

"'不要吵！'老教授气愤地说。'第一，它们都比地球的月亮小了许多；第二，太阳光照到这里，已非常暗淡，它们只能反射出一点微弱的光。你不能希望这里的一切事物都跟在地球上一样，老糊涂。你能够看到任何人所不能看到的东西，就该心满意足了！'

"由于头顶的'三盏油灯'的照明，地面上已经在慢慢亮起来了，可是放眼望去到处冰天雪地，毫无人迹。

"教授默默地不出一声，心里却在不住地琢磨。是的，天王星上似乎没有居民。他们费力地搬运着脚步，努力向前，突然间，老教授忽地站住了。在不远处，从地底下射出一缕淡淡的光，显然在这地底下或冰底下有一盏灯藏在那里。

"随后老仆也看见了这地下的光。于是他们鼓起勇气，向着发光的地点走去。一点也不错，在那里的地面上有一个洞,大小和井口一样,洞口有铁栅遮拦着。他们看见洞里有一架亮晶晶的金属梯子直通地底,一路上都有灯火照明。

"'谢天谢地!'克里斯辛兴奋地说,'这里有铁梯,有灯,也必有聪明的人类;也许比地球上的人类更聪明。'他边说边瞥眼望着主人,可是老教授却正在检验那铁栅,想设法下去。

"'这铁栅只能从里边开,'他说,'否则就必须把它硬撬开来。我想它的用途大概是阻挡石子冰块等掉落到坑道里去。不过我可以打赌,这里一定还藏着什么发送信号的机关,可以招呼地下的人来开启这栅栏。我想,在天王星上的人有时候也要爬出洞来的!'

"'那是当然喽。'克里斯辛说。'我们要不赶紧设法跑进去就要冻死哩。我的四肢简直已不能动弹了。刚才我鼻子里闻得有一股热气从洞里冲出来。天知道,这倒霉的地方是多冷啊!'

"'住口!'教授突然说。'我已有了办法。你看这铁板,我认为只要踏到这板上去,就会有人来开这个铁栅。'

"'这铁板的形状很古怪,看来这里的人长着这样的脚,简直像是象腿上长着鸭蹼。'

"但是教授已经在那里用力地踏这铁板了。自然,他要踏得动这铁板,得用全身的重量压上去。于是从深深的洞里传来一个奇特的信号。声音有点像雾角。不久这声音渐渐行近坑道的入口处了。

"'啊,我觉得浑身紧张起来了,'克里斯辛抓着耳背说。'我希望不要出乱子才好!我们没有武器,只有你的一柄洋伞,总不能靠它打胜仗吧。最好把那个带我们来这里的家伙唤回来,以便逃跑。唉,我恨不得留在天国里,或是留在你的观象台里。那个老地方,永远不会出大乱子,至多只是忘记浇窗台上的花!'

"'不要吵,老糊涂,'教授轻声说,'有人爬上来了!'

"果然这时有一个黑色的东西在从深深的洞里爬上来,却还看不清是什么东西。不久,等这东西爬近洞口,差不多可以看清楚的时候,两位仁兄就越来越紧张了,克里斯辛摇着头,像一棵墙头的小草。

"'天哪,'他悄悄地说着,头发都竖起来了,

'这爬出来的东西是什么怪物?是女巫大锅子里炼出来的野兽吧。我真想钻到地底下去!'

"'嗯,嗯,'教授低声说,'一个可怕的天王星人!'

"这天王星人已经爬到洞口。现在他们可以很清楚地看见他了。

"他的身材比地球上的人类短小,大概还不到四分之三。他的身围肥胖臃肿,像一个生着四肢的矮冬瓜。腿短粗,好似象腿。双脚肥厚,形状古怪,扁得像一张铅皮或一块铅板。从他的肩胛上突出两条粗大的臂膀,每只手上生着四个蹼趾,像青蛙一样。

"一个和躯干等大的头,没有颈脖,形状十分特别。肤色是黑灰的,像海豹一样。最令人生畏的是一双巨大的眼睛,大得像个黑色的小果盘。头上看不见耳朵,但是有一条长鼻子。头顶没有头发,脸上也没有胡须。

"两个地球人都吓得倒退了几步,但是那个天王星人似乎也很惊骇,嘴里发出一种奇怪的叫声,像是闷住了的号角的调子。

"这几个不同星球上的居民,惊惧地互相注视了好久。在天王星人看来,这两个陌生人似乎生得十分丑陋,其形状的奇异,正像地球人看他一样。他用力踏着那块作为信号的铁板,于是就有更多天王星人从洞里急急忙忙跑出来,直把那个铁栅挤得满满的。他们都一动不动地站着,显得非常惊愕。

"后来,从这个圈子里走出一个人来。在他的前额戴着一块像金刚石般的闪光石子。他用一盏灯照亮两个陌生人的脸,用着一种像是音乐的声调对他们说话。自然,他们对于这一套话是完全莫名其妙。

"但是教授用手触着冰块,做着发抖的姿势,又指着下边温暖的坑道。天王星人自己也受不了地面上的寒冷,懂得了他的意思。他们的领袖把铁栅打开,于是全体天王星人就带了两个地球人下到天王星的内部世界去了。他们越往下走,就越觉得和暖,展现在这两个惴惴不安的旅客面前的,是一个伟大的地下世界。它好像是一个野獾的大巢穴,其中分着好几个街层,每一层里都有蜂巢似的建筑物。在其中几个街层里,筑着四通八达的街道,所有的屋子其实只是些洞窟,都是在街道两旁

第十四章 **225**

他们都一动不动地站着,显得非常惊愕

的岩石里凿出来的。在街路上人头攒动,多得真像是蜂巢中的蜜蜂,而在岩石里掘出来的洞窟也很像蜂巢。

"一种特别的人造光照着街道,街道大都是很狭小的,但也有几条跑着飞快的小车子,差不多都是没有声响的,空气很新鲜,一切都显得十分整洁。

"当然,这些景象是两个旅客一路上所见的。最初,他们跟着那批人走下狭小而久无人迹的坑道,直到最近的一个街层,才一同登上一辆急行的车子。车厢十分低矮,他们都只能席地而坐,因为天王星世界上的一切用具,都不是为了他们这样的大人物设计的。教授估量车中人的身材都不及地球上的一个六岁的孩子,但是他们的体力显然却胜过地球上最强壮的人类。

"车子在长长的街道上飞奔,到了街道的尽头,就像升降机般慢慢沉了下去。他们经过了好几个街层,约莫沉下几百米以后,额上戴着亮晶晶宝石的人吩咐,车子就转入一条大街,这街道比之前的宽阔了不少,岩壁上悬着富丽的装饰,画着奇特的记号。不久,这车子在一处雕饰庄严、灯火辉煌的地方停住了。许多的天王星人向他们聚拢来,当教授和仆人走出车子时,人群间发出惊奇的叫声和杂乱的谈话声,其喧哗嘈杂真像是万角齐鸣。到了这时候老教授才看见第一个女人。她们比男子更矮,浑圆的身体,裹着奇异的炫目长袍,使人感觉是用五彩玻璃珠来编成的一样。女人们一见这两个奇形怪状的陌生客人,就都吃惊地转身回避,从长鼻下的嘴里发出古怪的叫声。

"'喔,可怕可怕!'克里斯辛叫道,'这种女子真是丑陋不堪。'

"那个戴宝石的人吩咐众人让路,群众都很顺从地遵从他的命令,于是他们就走进天王星政府的小厦。穿过几条明亮的通道,主仆两人被领入一间大厅中,那里的天王星人都穿着华贵的衣服,正坐在厚厚的软席上。这些人的额角上都有几颗亮晶晶的宝石,因为他们都是高级官吏。坐在中央的一人,头上特别戴着一个灿烂的冠冕,原来他是天王星国中的元首。

"在这里,大家看见这两个陌生人进来,也都愕然一惊,他们摇着头,兴奋地谈着话。那个守卫铁栅的人,先把发现这两个陌生人的经过情形报告了一番。接着元首招呼他们过去,于是教授就找到了一个自己解释的机会。

"'克里斯辛,'教授在途中曾经说过,'这里的人既然已经发明了铁路、街道、衣服、灯火,一定也知道关于星的事情,并且一定有天文学家。我将设法使他们知道我们!'

"教授伸手到袋里摸出一张白纸和一支铅笔,把天上所有的星,例如大熊星座、猎户星座等,全画了出来,因为这些星在天王星看来是和在地球上看一样的。天王星人睁着凸出的大眼睛,严肃地望着,接着又突然从长长的鼻里吹出一种惊愕的声音。他们已经懂得了。他们指指室顶,也就是指指天空。那个头顶戴着冠冕的人立即招了个人来叫他去传达一个命令。

"'我可以和你打赌,克里斯辛,他们是在请一位天文学家来了,'教授说,'他们心里已经明白,我们是其他星球上的人类!'

"'这里好像是个号角音乐会,'老仆说,'如果我对这些眼睛像果盘般大的家伙唱一支歌曲,他们大概也会当作是我们的语言吧。'

"室外的门帷一展,方才差出去的人已经带了另一人回来。一看就可知道,他的年纪已经不小。他的头像海豹一般,上面显出千条皱纹,眼睛上戴着一副像是眼镜的东西。他走起路来驼着背,手里拄着一根金属棒。

"'啊!'老克里斯辛说,'我可以断定,他一定是个教授或天文学家之类的人。我相信在各种星球上,这一套体系是彼此相同的。不过我想他绝不会像你那样把眼镜随意乱放,时而放在糖缸里,时而放在信夹里,因为他的眼镜太大,是不容易放错的。'

"在这时候,那个新来的人已经向元首行了礼。他显然已听到过有奇人到来的新闻,所以一转身就眼睁睁向他们望着,恰似我们看到一个不常见甲虫的眼神。他的长鼻子一上一下,发出一种很奇特的沙哑声音。

"教授突然拿出那张画着星的图展在他的面前,于是那个天王星上的天文学家就立即认识了。他大为惊奇,转身向着他的同伴不知说了些什么话。教授指指图上的星,又指指自己,又用了种种方法来表示他和他的同伴都是从星空到天王星上来的。

"天王星天文学家跑到外面,不久带来了一只金属制的箱子。箱子里放着些金属的薄片,每一片上画着那些红色的图画,照样子估量起来,大概都是些天文图。他从其中抽出了一张,教授一看,就见那上面画的是太阳系,中央是太阳,四周环绕着的是八大行星。教授用手指来指着天王星,又指指四周的人。室中的人都一致做出'明白'的表示。然后教授指指自己和克里斯辛,又指指图上太阳近旁的地球。

"天文学家已经懂得了他的意思,发出惊异的声音,告诉他的同伴们,这两个奇怪的东西是从邻近太阳的温暖地方来的,他们所住的星球是又远又小,所以在天王星上,就是用最好的望远镜也不容易看到的。

"他们都希望能够互相了解,哑谈了许久,可是克里斯辛因为饿得太凶,不住地轻扣着他的肚子,并用手指伸在张大的嘴里,作进食的姿势。他只希望有人能懂得他的意思。

"'我这位主人真是心不在焉,我看他忘了一切,就是饿死了也不会觉得。'他埋怨说。

"所有人都立起身走开了。显然已到了睡眠的时候,街上已经十分静寂了。那两个地球上的居民被领到了一间温暖的卧室中,里面有很奇特的家具,两张床铺上都是软软的兽皮的垫子。仆人送来了各种食物,盛在一种金属的盆子里,触手有温暖的感觉。食物的滋味并不坏,但都不像是植物,在两位仁兄看来稍嫌肥了一点。

"他们填饱了肚子,伺候的仆人全出去了。于是他们一骨碌躺在床上,伸手舒足,纵谈着这次奇异的经历。

"'请你告诉我,先生,那些天王星人为什么生得这样难看?'克里斯辛说着,用一块包袱做了个睡帽,因为他不戴睡帽是睡不着的。'我今夜一定会做噩梦。我记得从前跟你到非洲去的时候,我们看见了那只凶猛巨大的蟹,就做了一夜的噩梦!'

"'克里斯辛!'教授摇头说,'你这个人为什么老是呆头呆脑的,枉然跟一个博学的主人做了30年的工作!我们,在他们看来也是丑陋不堪的。你得记好,一切生物都是由自然赋予它适应于所在特殊世界所需的器官。因此鱼有鳍以划水,有鳃以呼吸;鸟有翅膀以飞翔于天空;食肉兽有灵敏的嗅觉以发现它的猎物。至于说到现在这个问题,克里斯辛,天王星是一个寒冷而黑暗的世界，从太阳射来的光和热是异常微弱的。所以这里的人有极大的眼睛，以便摄入更多的光。这正如我们在摄影时候，遇景物的光线太弱时就得将光圈放大一样。这里的空气很浓密，传声的能力很强。你能感觉到，我们的谈话声音是多么响亮啊。就由于这个缘故，天王星人的头上没有生明显的耳朵，因为不需要把声音增强，那么自然也就不给他们这样一个多余的器官了。'

"'那他们的长鼻子呢，先生？他们能不能用这东西从地上拾起一枚硬币，就像动物园里的大象一样，我记得大象曾经把你的洋伞柄都抢去了呢！'

"'凡视觉不大灵敏的生物，自然就会给它一个好鼻子。所有长鼻类动物的眼睛，都不十分靠得住的。由于天王星上光线的黑暗，他们的眼睛虽大，还不能看得十分真切，因此他们还是需要有一个长鼻子。'

"'此外，他们的身体肥胖浑圆，周身包围着一层层厚厚的脂肪。这也可以解释，你想，像你我这样消瘦的人容易感觉寒冷；而住在北极的因纽特人，也都身体肥胖，爱吃肥肉，极能耐寒。你若是把这些事情仔细想想，一定会明白，生物体上的一切器官都有一个存在的理由。再说，这里人民的体格都很强壮结实。理由是这样的：在这个大星球上，一切东西都较地球上为重，要在这里搬动一块石子，走几步路，或做其他工作，都要比在地球上费更大的力气。因此自然之母就给予他们强健的筋骨。'

"'你看，无论什么奇怪的事情，只要用头脑来想一想，就都可以解释得通，我们在这里再多住几天，可以了解更多。我敢说，有一件事是可以确定的。就是没有一个人会住在这星球的表面上，因为那上面太黑暗，而且积着厚厚的一层冰。他们只能把城市建筑在深深的地面下温暖的地方。这星球的内部还是热的。在地球上，我们知道，当你跑下矿穴时，你越向下降温度越高。在这里，似乎也是如此。到了明天，我要再仔细地打听一下。'

"'到了明天，也许我们可以回到上面去；等到白天来到，太阳就会照耀我们，温暖我们。'

"'那你可要等到世界末日了，克里斯辛。要再见白天，还得等待20年，而且太阳光非常幽暗，简直不配称为白天。在天王星这个广大的世界上，约有40个

地球年的白天和夏季，接着就是40个地球年的黑夜和冬季！'

"'天知道！这是个多么疯狂的星球！'克里斯辛说。'要40年不见太阳，照此说来，人住在这里简直像是躲在暗洞里的泥鳅，接着又是长长的40年白昼！喔，这样的世界，叫我怎么住下去！假定有人生在这里，正好是黑夜的开始，但活40岁就死了，那么他就终生未见天日。你想想这样的长夜！只配给那种懒惰迟钝的树懒居住！'

"'喔，克里斯辛，你想，这里的人既然利用人造光住在地底下，那么他们必定要把这个长长的时间人为地划分为一个个便利的段落，以隔离工作和睡眠，我曾经说过这里靠近天王星的南极，现在说明我所说的话并没有错。天王星绕太阳环行一周需要84年。因此在这星球的南极，要有42年向着太阳，然后再轮着北极向着太阳，时间也是42年。据方才的天王星天文学家的表示，我们正在靠近南极的地方，而且是正在42年长的黑夜里。所以，如果我们要去看太阳，看太阳附近的地球，就得旅行到另一个半球上去。我和他们已经商

定好了，明天就由那个天文学家和一个高级官吏领我们去。现在，克里斯辛，我们且安心地睡吧，我已经要困死了。'

"于是各人都翻了个身，正当他们倚枕而睡时，室顶的灯光就跟着熄灭了。

"隔了许久，两个地球之子被一种音乐的声音惊醒了。这声音冲破整个天王星世界，连续响着，前后约有三分钟。那是报告新的一日已经开始的信号。他们坐起身来，同时室顶的那盏灯也立即明亮了起来。

"克里斯辛一离了床铺，就在室中踱了一趟，他自称为'发现旅行。'他看见他们所需要的东西，应有尽有，心里觉得非常高兴。在旁边的一个房间里，有一柱暖水在流淌，注入一个从岩石里凿出来的浴盆中。而在后边的一个房间里，地上铺着席子，席子上放着矮桌。原来天王星上的居民都很矮小，而要在岩石里开凿甬道和街路，到底是一项艰巨的工作，所以他们的一切建筑，都是狭小低矮。使我们这两位地球同胞在走路时，不得不折一折腰，或屈一屈膝，感觉十分不便。另外，天王星人惯于席地而坐，这两位地球之子也不得不适应这个新环境。于是,他们坐下来进早餐,觉得这样的生活倒也很可以过得下去。大杯子里放着一种液体,滋味好像奶茶,用热水浴着。一个金属的匣子也用热水浴着,里面放了许多热的小馒头,克里斯辛一尝到滋味,就不住地叫好。

"'热水在这世界上似乎是一种万灵药,什么地方都用得到它。'教授说着,嗅了一撮鼻烟。

"'可惜我没有把我的烟斗带来,'老仆有点懊悔的样子,'可不可以给我一点鼻烟,先生,我没有烟什么事都打不起精神来。'

"'好像这里的人都是不抽烟的,'他的主人说。'也许这样可使空气清洁一点,因为在这地下都市中,新鲜空气是不容易进来的。你没看见室顶大缺口处的那个旋转着的东西吗?那一定是个通风器。我们从地面上下来的那个直坑道,似乎是当作通风管用的。'

"突然间,门上面有一盏红灯亮了起来。接着天王星天文学家就同另一人走进来。这人头上戴着三颗宝石,表示是个高级的官吏。他们用手指在亮头上轻扣几下,并发出一种尖锐的喇叭声音,算是对客人的一种敬礼。我们的两位朋友都竭力试作回敬，结果头顶也是光秃秃的老教授倒是相当适应。经过一番客气的应酬，譬如问问睡得是否舒服，吃得是否称心以后，大家就立即开始北半球的旅行。老教授需要找寻他的眼镜，结果克里斯辛找到了，原来好端端地架在他鼻子上。'他大概架在鼻子上一夜没有摘下！'老仆咕噜着说。接着他们就出发了。

"他们跑坐进一辆特备的小车子，是专供长距离行驶用的。车子的速度很快，有时向前直进，有时深入地下，以最便捷的路径向目的地前进。在车中，靠着手势和草图，天王星人把这奇异世界的一切都给他们仔细地解释一番。教授由此知道：'在此刻，星球地面上已没有人类居住了；因为那里太寒冷，并且由于长期的黑暗，使得高级的生活不能发展。不过在赤道附近还算是最温暖最光亮的所在。以前在那里发现过一些头骨，证明在这星球还很温暖的时候，曾经有古代的野蛮人居住过。因为当时星球中心的火海，还在接近地壳的地方荧荧燃烧，把它温暖得像烘盘一样。如今，居住在那里的只有少数皮毛特别厚重的动物，他们靠地底苔藓等低等

植物来活命，而这种植物现在也十分稀少了。'

"天王星人住在地底下已经有好几千年。城市是一个个叠起来的。入地越深，气温越高。新鲜的空气是用大泵从坑道里抽下来的，污浊的空气用大泵向上压出。

"从地下城市中，开凿坑道通到温度接近水的沸点的地方，再将地下泉湖中的水导入坑道中，使之变成蒸汽，由此就得到转动机器的力量。所有的岩石里都有金属矿发现，由此可以制成一切日用品。在地下的大岩洞中，生着像毛呢般的地衣，可以用来纺织衣服。奇怪的动物，大都生着极厚的皮毛，也住在这种岩洞中。温暖的湖中，有鱼虾及可供食用的水生动物。所以生活在这样的环境中，比之在星球表面上也并不觉得异样，因为人类是追求安逸的动物。

"教授把天王星人所表示的意思都牢记在心里。'待找到了天国，我将要就这个题目，写一本大书。也许将来我可以把它送到地球上去，被我的同事看见了，真不知他们要何等羡慕呢！'他高兴地想。

"接着，教授也用了手势和草图对天王星人讲述地球上的情形，以排解旅途中的寂寞。车子在轨道上不断前进，经过了许多的地方，许多的矿山，还穿过许多巨大的岩洞。在这种岩洞里往往藏有湖泽。他们有一次曾经行近地心深处，把教授和他的仆人热得头昏脑胀，坐立不安。'天啊，'老仆叹了口气，'活了这一把年纪，难道还要我们做烤鸭吗？'

"经过好几天的旅途生活，终于到了目的地，他们一下了车子，那个天王星官吏就通知他们，现在立即动身到星球的表面上去。他们已经到达北半球，可以看得见太阳了。大家都穿了厚厚的皮衣，从一个坑道里鱼贯而上。气温是越来越冷，但终于都走近铁栅，踏上了星球的表面。

"是的，这里是在白天，并且是在夏季！但这是怎样一个'白天'，怎样一个'夏季'啊！一圈曚昽的微光笼罩在完全为冰块覆盖的大地上；地球上的月明之夜都比这光明得多。在天空中是点点繁星，而在地平线附近，有一个光度较强的闪耀的明星，这就是太阳！

"'这就是太阳，美丽的太阳！'教授用他的洋伞指着奇异的明星说。'我们的地球，一定就在它的附近！'

"'什么,这就是我们的巨大的太阳么?喔,它怎么变成这个样子!'克里斯辛叫道,'那么地球呢?'

"'从这里望去,因为它太靠近太阳,所以被太阳光所掩蔽了。只有用大望远镜才能看得出来!'

"天王星天文学家向他们打了个招呼。他们没走多少路,就见一个望远镜已经为他们预先架好了。这望远镜的形式看去和地球上所用的完全不同,而其中的镜子好像是用金属来制成的。天王星天文学家把望远镜正对太阳,然后仔细地加以调整,在找寻那小小的地球。

"接着这老人把教授拉了过来。教授向望远镜中一望,就见到那边有一个小小的颤动的光点,这就是地球。

"'啊哟!'克里斯辛望见了,失望地说,'这一个光点看去简直像我烟斗里飞出来的一个火花,难道这就是我们的地球吗?我还以为至少可以看见我们的屋子、我们的观象台以及窗台上的那几棵盆栽。唉,我想现在这些花该都已枯萎了吧!天知道,这就是地球吗?'

"'是的,这就是地球。'教授说。

"'咳!我真想回到地球上去,在那里我可以把你的鞋子在火炉上烘烘暖,在花园里抽抽烟,阻止小学生

在猫尾巴上缚一只旧锅子！'

"突然在半空中好像有什么东西在呼呼地疾驰，一个像是号角般的呼唤声，从天上传来。两个天王星人吓得惊慌失措。他们的眼睛突出来乱晃，长鼻子惊恐地向空中嗅着。接着他们都没命地向坑道里狂奔下去了。

"空中的声音在呼唤：'地球的儿子，你们在哪里？你们的时候已经到了！'

"'你听，你听，'克里斯辛轻轻地在教授的耳边说道，'这是星球使者来带我们回天国去了。'

"'不过我不愿意回天国去！'教授着急地叫道。

"一双巨大的手掌捉住了教授的臂膀，他吓得把洋伞都掉在地上了。突然，他的四周围着一圈炫目的亮光。他惊奇地睁开眼来。

"'我不要到天国去。'他一再地叫。

"'嘻嘻！你是不是要到地狱里去，先生？'这是站在他旁边的老仆的声音。

"'呸！我要继续住在天王星上！'

"'住在天王星上？——你怎么会住到天王星上去，先生？'

"'克里斯辛，你个呆虫，你竟糊涂到这步田地？你一定知道我们此刻就是住在天王星上哟！'

"'我一点也不糊涂，此刻我的的确确住在地球上。'

"'当真！那么你怎样到地球上来的呢？'

"'还不是和你一样吗？没有得到我的同意，在某一天，母亲把我生了下来！只是，先生，你使我很担心！你该不是精神错乱了吧？方才我正睡在室内的床上，忽听见你高声乱嚷，就赶紧跑过来，却见你已在望远镜旁的皮椅子里睡着了。天快亮了，太阳就要出来了。你似乎是做了一个乱梦。'

"'一个梦？这只是一个梦吗？我不曾把洋伞掉在天王星上吗？'

"'你的洋伞还好好地放在门角落里，先生。'

"'噢，'博学的老人四肢僵直，好容易从椅子里立起来，'噢，那么这真是一个梦了！'

"他擦了擦眼睛，摇了摇头，踱进屋子去睡了。"

第十五章　别针

无论冬夏，老乌拉波拉总围着一块彩色的小丝巾，用一枚大别针来别住。它既不是金子做的，也不是银子做的；它上面不镶宝石，也不嵌珍珠；但这应该是一枚珍奇的别针，因为有一次老人找不到它，就着急得不得了。别针的头有一块不起眼的粗糙黑石子，有樱桃核大小。我们这几个小朋友常常好奇地望着这枚别针，猜想着它的来历。我们相信这东西也许隐藏着什么奇怪的故事，总有一天老人会对我们讲的！

　　一天，我们照例去拜访他，无意中却把他的别针找着了。"乌拉波拉，"我们齐声说，"你的别针已被我们找到了！它落在靠花园的窗子外的草地上。要不是恰巧有一只青蛙在它上面跳过，我们还不会发现它哩。现在你得告诉我们，你为什么要把嵌在别针头上那粒怪难看的石子当宝贝一样呢？我们想，这一定是个很好听的故事！"

　　老人会心地一笑，从他的鼻烟壶里倒出了一大撮的鼻烟。

　　"你们这帮小坏蛋，"他大声说，"我私下觉得是你们自己去把这枚别针藏起来的，然后等交还我的时候，就要求我讲故事。好，现在且不去管它，这可爱的别针既然能够回到我手里，我自然得酬谢你们。别针头上的石子，在你们眼里看来好像毫无价值，其实它的故事却比'天方夜谭'还有趣，它可是从很远很远的地方来的。它不住在矿藏里，也不生在海底下；不长在山顶上，也不由工人制造；总之它根本就不是在地球上产生的。从前，它与我们地球的距离，比月亮和许多行星还要远呢。在很远很远的宇宙空间漫游了好几千年以后，才赶到我们这里来，你们不能从这难看的东西里看出它的来历，是不是？那我就把它的历史和关于它的一切故事都告诉你们。"

老人在椅子里坐定身子，点着了长烟管，开口说：

"那是在1690年。这小镇还在平静的酣睡中；只有教堂钟楼里的守夜人还清醒着，他透过寒冷的冬夜瞭望着四周有没有火警或其他不幸的事情。几千颗星星在广大的天幕下闪闪发光，这些星——钟楼里的老人差不多全都认识，因为多年来他总是孤独地坐在那里，守护着这个广大的世界和这个世界上的人类。

"突然他看见天上有一片淡淡发光的云，这是他一向不曾见到过的。第二天，这片云又出现了。在一星期以后，这片云越来越亮，越来越大，形状也大变特变了。于是守夜的老人知道这是一颗在慢慢靠近地球的彗星。

"慢慢地，天空出现一颗奇特的明亮的星，比其余所有的星更亮，从光亮的云层里升起来；在星的后面，拖着一条奇妙的发着微光的尾巴。它就是彗星。它一天大似一天，离地球一天近似一天。彗星射出炫目的光芒；尾巴已经大得横扫过整个天空，像是挂在天顶的一根巨大的棒。

"等到天色一暗，就有成千居民站在街角上或是跑到城外空旷的地方去看奇异的彗星。谁也不曾在天空中看见过这样稀奇的东西。它好像是众星之王，占据了整个天空，其他所有星都被它灿烂的光芒遮蔽。

"人们在街角上谈论着，他们的脸上现出一种激动的表情。我们的天父要在空中显出这样奇特的天象，这样火光四射的棒，是什么意思呢？

"这个可怕的彗星越来越亮，发光的尾巴也越伸越长。街上的居民心里十分不安，也十分忧虑，当作是上帝的震怒而惊恐不已。

"不久，城里来了一个陌生人，是从远地方来的一个修道士。他的脸色灰白，态度严肃，一对黑色的眼珠闪着忧郁的光。他穿着一件灰色的衣服，腰里束着一根麻绳，秃着头在街上走过。到了晚上，居民又跑出来观看怪星，修道士站在城门口的大石块上，两手高举，指着那光芒四射的彗星。

"'各位善男信女,'他叫道,'你们有没有看见天空中闪烁着的可怕的星,这是我们的天父差遣来的?你们有没有看见,震怒着的神正高举起火棒?你们都做了不端的事,所以上帝要来责罚你们。你们有没有抢劫过别人的东西?商人有没有欺骗过主顾,有没有伪造过文书?这城里静静的街道上有没有发生过杀人叛乱的事情?有谁曾经帮助过邻人?孝敬父母?你们渐渐远离救世的道路。教堂里已经非常冷落了。上帝现在正带着大火从天上到你们这里来。这个世上从未见过的可怕彗星便是他差来的。他要来找你们,带来了瘟疫和饥馑,带来了战争、屠杀和火灾;他要毁灭这个世界。末日到来了,在这个最后的日子里,凡是一切邪恶犯罪的人都要得到惩罚,都要得到报应。过不了几天,彗星就会沉到地面上来,在它的长尾巴里带来了大火和死亡。'

"修道士这样说着,脸孔泛白了,他站在那里,像一个外来复仇的人。在彗星的光辉下,他灰白的脸色像幽灵一样,两臂伸向天空,十字架在他的右手里闪闪发光,灰色的修道服在风中飘动。于是群众跪下来祷告着。后来这修道士像来的时候那样悄悄地溜走了。但是他的严肃的神气,苍白的脸色和责难的姿态,还是久久留存在居民的记忆里,他的说教在居民的记忆里保留了好几十年。

"就在第二天,大批居民肃静地排成队跑到教堂里去,请求天父撤除可怕的彗星,不要毁灭这个世界。教堂里的钟声从不曾响得像现在这样勤,赞美诗和风琴的音乐震动了整个教堂。

"但是就在这个时候,却有更多的居民完全失去了常态。'世界的末日——审判日已经来到了,'他们说,'忏悔是太晚了。现在我们只有死,只有灭亡;又何必再要去瞎操什么心呢?彗星要把我们全部攫了去,无论是智愚善恶,都将遭到同一的命运。在这短短的最后几天中,让我们尽情逍遥快乐吧。我们为什么还要流血流汗呢?世界的末日已经到了!'

"他们抛掉了铁锤和镰刀,缝针和码尺,斧头和铲子,夜以继日地大吃大喝。各处都是箫声、笛声、琴声,跳舞的人直跳得翻倒在地上。敬神的人想要阻止他们,于是在狭隘的街道上就发生了流血的惨剧。守夜人也拿了他的棍棒,加入了战斗。跳舞的音乐和风琴的鸣奏打破了静寂的冬夜，祷告和叫骂以及战斗员的呐喊响成一片，而在这吵闹声中，却有一颗彗星在上面灿烂地照耀着。

"是的，这是个疯狂的时刻，谁也不能预料结局。于是在选帝侯①召开的会议上讨论到这一次大骚乱，以及人民间的困苦、惊惶和纷乱的情形。选帝侯召集了聪明的教师和教授举行会议，叫他们设法来防避天灾、安定民心。

"国内最有名的天文学家，也被邀请列席，因为只有他们能发表关于彗星的意见，并且推测它是否真会碰撞地球，毁灭一切。

"'不，'天文学家说，'那是绝不可能的。那个修道士只是要吓吓那些犯罪的人，引诱他们信教敬神罢了。'

"'但是，明天彗星就会与地球碰撞，把什么东西都焚毁掉。'有些人说。

"'不，'天文学家厉声说，'它离地球比月亮离地球还要远十倍，而且已经在慢慢地远去了，不久它

---

① 中世纪德国有选举皇帝之权的诸侯。——译者注

选帝侯召集了聪明的教师和教授举行会议

就会黯淡起来，越变越小，越走越远，最后再消失在空中。'

"'那么这个奇异的天空过客，究竟是从哪里来，又是向哪里去呢？'选帝侯的顾问官问。

"'诸位，'天文学家回答道，'在许多世纪以来，这彗星就一直循着漫长的轨道在绕太阳运行。每隔150年，它就会回来参见太阳，在这种时候它常会经过地球。在150年以前，它已经到过地球上一次，在那时候人们也相信到了世界末日，可是今天我们还是好好地住在地球上！诸位只要到历史书上去查一查，就可以找到我方才所告诉你们的话。'

"选帝侯差人把所有古代编年史和历史书都找出来，发现天文学家的话是不错的。

"'但请告诉我们，'他命令说，'彗星究竟是怎样一种奇怪的星，它对于我们有没有损害！'

"'尊贵的选帝侯，'天文学家说，'彗星只是一大群石子。大部分石子都不到一粒豌豆那么大，但是其中也有些石子很大。这群石子在行近太阳的时候，因为温度太高，灼热而就产生一种发光的气体，跟在大群石子的后面，便成为一条明亮的奇异尾巴，像煤火上的烟雾一样。但是在彗星远离太阳的时候，因为温度逐渐降低，也就不再发光，它美丽的尾巴也消失了！'

"'这些话听起来好像很有道理，'选帝侯说，'不过现在我们先要去安定民心。你们这些话究竟是否可靠，我们不久就可以明白。我召你们到这里来，也是为了要考验考验你们的成果。多年来我出薪俸让你们安心研究。假使你们说了谎话，就一定要受到惩罚。现在去吧！'

"天文学家深深鞠了个躬，便离开了宫廷。选帝侯叫人把天文学家关于彗星的报告，印成告示，贴遍所有的城市里，晓谕一切人依旧安心过活，努力工作。凡是跳舞的人，吹笛的人，懒惰的人，暴动的人，就由地保抓了来重打屁股一顿。是的，选帝侯吩咐凡是犯了上面所说的几种罪，就要受到最严厉的刑罚。

"因此，为了这光耀的彗星，有不少人屁股挨了打，但彗星惹的灾祸，也就到此为止。它渐渐地小起来、暗起来，终于在星空中消失，成为一朵小小的云，正像钟楼守夜人初见它时一样。

"于是选帝侯、顾问官以及所有的人都承认天文学家的话是对的。'很好,'选帝侯说,'为了奖励你们,我将嘱匠人造一个更大的望远镜,好让你们比以前更清楚地观测天象。'

"他的话果然实现了,因为他是一位公正而又严厉的君主。

"至于那个彗星,当然还在继续它的行程。它完全不知道人类曾经因为它受到很大的惊吓。它远离了太阳和地球,进入寒冷的太空,飞得比最快的鸟还快上几千倍。

"到了后来,地球上的天文学家就是用最大的望远镜也不能找到它了,因为它离我们比月亮还要远几万倍。

"啊,要是我们也能像彗星一样地在广阔的星空中飞行,那该多么有趣!试想,凡是它所看到的东西,都是我们人类永远看不到的。它行近月亮,便望入深深的火山口,探头探脑地看看那里有没有生物存在;其实在死寂的月世界中,是什么活物都没有的,只有太阳光照耀在高高的岩壁上。这太空旅行家又行近太阳,便望入沸腾的火海,但见一片片的焰舌,四向喷射,高达几十万公里。它也好奇地窥视地球,看见白熊在北极附近的雪堆里行走,看见穿白色斗篷的游牧人在非洲的沙漠里骑着马儿奔跑。它还看见地球自转如何形成了日夜;青山绿水如何在阳光里闪烁。然后它又在遥远的地方碰到了其他星球,它们像网球一样绕着太阳转圈子。总之它看见了大大小小的星球,每个星球上的景色各不相同。有些星球上住着奇形怪状的生物,有些星球上生物已经绝迹,有些星球上生物还没有产生,因为那里的温度很高,要是你住在这上面,也一定会灼得像熏鱼一样。

"啊,做彗星真有趣,当它在天空中逍遥游荡的时候,什么东西没有看见过!

"许多年过去了,这彗星在很远的地方又碰到了另一个星球,那个星球比我们人类所住的地球大上几百倍,它四周云雾环绕,许多个月亮在绕着它跳舞。

"彗星是个好奇的家伙,它向这个巨星靠近……靠近,几乎碰着了它的环。

"'您好,'彗星向那个大家伙冲过去招呼着。

"'不要走近来,你这个气袋,否则要发生乱子了!'另一个高声地喊。

"可是已经迟了。轰隆一声响!它们已经被碰得火星乱飞。那个大星球因为体质坚牢,所以就把彗星碰碎,分散成好几团由尘沙和石子所造成的云雾,这些云雾至今还在太空中排队游行呢。从此以后,这个彗星的光明灿烂的时代是过去了。从此不再以出现在地球附近的那种豪华姿态出现,引起世人的赞赏、惊奇和恐惧,只是没精打采地向前流浪着。

"隔了150年的时间,当它完成了长途旅行以后,又回到太阳系里来了。天文学家努力去寻找它,直望得眼睛发花。他们在大望远镜上装了更大更强的透镜,可是谁也不曾看见这位远方的客人。'这有点奇怪,'他们说,'从前它是很大很大的,人们见了它浑身发抖,以为它会毁灭这个世界,可是现在却连看也看不见了。'他们不知道这个老流浪汉曾经出过大毛病,现在身体不好,只是像拖着绒拖鞋懒洋洋地在星空间踱踱方步罢了。

"'其实它已经失踪了,'天文学家说,他们每晚坐在望远镜旁边守候着,鼻子冷得发青,'照理,到明

天它应离地球最近，简直可以跟地球相碰，可是现在看来，它似乎不再回来了！'

"我告诉你们，小朋友。在那个时候，你们的老乌拉波拉还是个少年，当时他也在注视天空，希望发现这著名的彗星。正当彗星离地球最近的那个晚上，他踱出屋外去看星。那是个寒冷的冬夜，天空中群星闪烁，像布满了无数金刚石碎片。半夜的时候，突然在天空中飞过了许多流星。最初数目不多，随后越来越多，最终每小时中有几千个飞过！

"'看！看！'天文学家叫道，'彗星到底回来了！天啊！它为什么变成这个样子呢！它已经裂碎成好几群，并且转瞬即逝。'组成彗星的小石子和大量的尘沙，分别穿入地球大气层，因摩擦生热、着火、发光而气化飞散了。是的，这真是一种不花钱的奇妙的焰火，是天神的义务表演，一律免费参观！

"有时候，也有较大的石子像火箭一样在高空中飞过，发出绿色的和红色的光。看啊！突然有一块巨大的石子笔直落下来了。当它掉到地面上的时候，轰然发生巨响，爆裂成几千朵发光的火花。呼！它像飞行的枪弹一样，突然出现，然后又是'扑'的一声，打在路旁的一棵老树上。我们跑近前去，看见树底下坚实的雪堆里躺着几块小石子，这些小石子就是从彗星变成的流星中分裂出来的。我们把这些小石子拾起来带回家里，留作纪念。

"我把我所拾到的小石子镶在别针上，就是这一个。你们过来看个仔细吧，这个故事不是很奇怪吗？彗星曾经在几百年前吓坏了地球上所有的居民，它便是可怕彗星的一粒碎屑；它曾经游览过辽阔的星空，会见过太阳和月亮，看到过其他星球上的一切景色，最后才从高空中落到地面上来。我们的世界上没有比它更有阅历的石子了！"

"乌拉波拉，"小朋友们说，"你真的没骗我们吗？彗星真是由这样的石子形成的吗？"

"你们这些小坏蛋，"老人气愤地说，"凡是乌拉波拉讲出来的，句句都是真话。你们到博物馆里去，就可以看见这种由彗星碎裂而成的石子。现在，你们早些回去吧——因为我这别针的故事已经讲完了。"

第十六章　被埋葬了的城市

　　南欧的景色是多么可爱啊！蔚蓝的天空，暖和的风横过地中海吹来，奇特的花都开放了。在沿海地方排列着许多桂树林，果园中柑橘和柠檬在阳光底下闪出金黄色的光。啊，意大利真是个怪可爱的好地方！

　　听好！在春季的一个晴朗的日子，有个农民在田间耕耘。他驾了锃亮的铁犁，耕过被暖雨温暖的泥土，嘴里始终衔着他的泥烟斗，神情怡然自得。他附近有一个锥形的山,像个高耸的宝塔糖,人们都叫它"维苏威"。这农民会抽烟,这山也会抽烟!一缕轻烟从它的头顶升起,这个危险的家伙是个活火山。每当痉挛发作的时候,它会突然迸出一种低沉的嗓音,挟着电闪雷鸣,放出恶魔的烟火,把热的灰和燃烧的石子抛向空中,毁灭四周的一切。在这种时候,蔚蓝的天空消失了,桂树林被烧毁了,柑橘和柠檬的果园被埋葬在灼热的火山灰底下。于是在南欧的意大利,那可爱的风景就不再可爱了。

火山吐着烟雾,却十分安静。这农民在它近旁无忧无虑地衔着烟斗在犁地。突然他的光亮的铁犁忽然撞着了什么坚硬的东西。"一块石子,"他一边想,一边弯下身子去挖出那个碍事的东西。他拿起一看,却发现是一把美丽的黄铜壶,十分精巧。当他把包裹在外面的一层厚厚的泥土和灰烬刮去以后,可以看出壶的年代已经很久远了,这种式样现在已经不再制造了。

农民快活得像个国王。"这是个难得的收获!"他把这铜壶翻来覆去地一看再看,经过了许久,才小心地放在一旁。要是他的妻子发现碗橱里有这样一件美丽的

有一必有二，接二必连三

器皿，该有多高兴呀。

农民耕呀耕地不觉到了中午。他正要停工的时候，发觉犁头又碰着了什么东西，不能动弹。"咦，"农民想，"今天一定要发横财了！"于是他拿铲子把它掘出来。这是什么？原来是一支巨大的五分叉、狮爪底的金属烛台，有一米多高，重得不容易把它提起来。

农民是个机灵的家伙。他把草帽向头后拉，心里转着念头："有一必有二，接二必连三。"于是他挥着额上的汗水继续挖掘下去。在下面尽是些灰，这些灰大概是许多世纪以前火山喷发出来的。他又发现一面小巧的手镜，再往下他碰到的是一种砖瓦的建筑，于是就再也掘不下去了。"可见在这下面，一定是一间屋子，"农民想，"否则这些砖瓦是从哪里来的呢？"

于是他把铜壶、烛台、镜子小心地装上车，高高兴兴地驾车回家。是的，这对于火山旁边一个穷苦的小农民来说，真是一个幸运的日子。

农民的妻子看见这些可爱的东西，得意地把它们摆在最好的房间里，它们实在太漂亮了，在东倒西歪的桌子和柴草填底的椅子中间，未免有些扎眼。

在此后的一两天，农民继续去发掘，但是什么东西都没有得到。在黄昏时候，他坐在茅屋门前，闲适地抽着烟，修补骡子的驾具，忽见大路上冒起一团烟，有一辆华丽的车子渐渐开了过来。

车子里坐着一位绅士。农民说，"晚安。"车中的绅士也友好地向他问候，并且叫车夫停车。

"能不能让我喝一杯酒，朋友？"他问。

"那当然可以，老爷！"农民说。

于是绅士走进屋子里，他喝了一小杯酒，吃惊地发现了那烛台、铜壶和镜子，他东张西望，大有不忍离去的样子。

"朋友，"他终于对农民说，'你这几件东西是什么地方来的？那可是稀世古董呢。这些东西，即使没有几千年，也该是几百年前的艺术品。它们很值钱，怎么会到你这穷苦人家来的？"

就这样，两人你一言我一语地谈论了起来；最初农民对于秘密一个字也不肯透露，但后来知道那绅士是政府中的一位官员，就把这故事原原本本地说了出来。

绅士点着头，明白了其中原委；他说他要再到这里来，并且叫农民小心看护他的古物，因为他们要出高价来向他收购。他说完便乘车走了。

三天之后，有两辆车子开到农民家的门前。那绅士果然又来了，带来了六个穿着华丽衣服、戴金边眼镜的人。他们仔细地检视着那些古董，然后又乘了车子前往田野，叫农民和几个工人拿了锄头铲子跟了去。

他们东掘西挖，一直掘到晚上。无论在什么地方，掘下去总是一层灰，有几尺厚。他们发现了墙壁、屋顶、圆柱等遗迹，还有许多其他小件的艺术品。最后，在薄暮时分，又发现了一副人的骸骨。

于是那些有学问的人知道在这地底下有一座古城——一座好几世纪前被火山灰烬掩埋了的城市。

"朋友，"有学问的人对农民说，"你这是一个重大发现，将要得到丰厚的报酬。你可以拿这报酬去买一间美丽的屋子和更多的土地，此外也许还可以拥有一个葡萄园。不过你得先把你的古物和本来的田地缴出来，我告诉你，在你的耕地下面躺着一座古城。我们早就从古书中知道这地方有两座古城，一座叫赫库兰尼姆①，一座叫庞贝②，都是被维苏威火山埋了的。你至少发现了它们最初的痕迹，现在我们就要把这两座古城发掘出来。"

那些人这样说了之，也这样做了。农民得到了丰厚的报酬，立刻成为一个有钱人，搬到下面的平原上去了。但是，在他的田地上及邻近的地方却热闹了起来。几百个工人在这上面掘着铲着，一天一天，一月一月，不眠不休地用车把堆在古城上的大量灰烬载走，于是渐渐现出了城垣的形迹。

那真是一个奇迹！经过长久的时间，我们终于又能在赫库兰尼姆和庞贝的街道上徜徉，跑进将近两千年前埋没了的屋子里去了。附近至今还在微微发烟的老火山，似乎也吃惊地在遥望着。他的一切可耻暴行都被显示了出来。月亮惨白的光照亮了这两个城市寂寞而凄凉的街道，却不禁有些惊奇起来了。是的，在两千年以前

---

① 赫库兰尼姆，意大利古城，位于维苏威火山西麓，临那不勒斯湾。——编者注
② 庞贝，古罗马城市之一，位于那波利湾的岸边，以纪念古罗马政治及军事家格奈乌斯·庞培。——编者注

这里完全不是这幅景象；那时候，快乐的人民穿着白色的长袍，在街上来往不绝，孩子们的欢歌笑语响彻全街，高高的双轮马车载着壮健的人辚辚地向那边的平原而去。这城市是死了，但是现在又苏醒过来。

人们在废墟间徘徊，真不忍看见这个地方就是他们的祖先曾居住、工作、生活和受难的地方。

是的，你可以看清楚一切，好像是发生在昨天的一样！街道又平直又清洁，那里有美丽的庙宇和圆形的竞技场，有高高圆柱的城门和澡堂，还有花园和高塔。奇妙的图画绘在墙上。桌椅、灯台、镜子、壶罐、盆碟、刀叉、床铺、食橱，随处可见。

各种的告示至今还贴在墙上，当时的顽童刻画上去的种种涂鸦也照样保存在上面。你还可亲身走进商铺、酒肆、药房和面包店里去。

上面所说的一切，至今还可以看见，如果你有机会去满是阳光的意大利旅行，可以在喷烟的维苏威火山近旁看见这两个被埋没过的城市，你可以到街道上去走走，看一看差不多两千年以前古代艺术家所作的壁画。

但是当人们把这两个城市从灰烬之海中发掘出来

的时候，他们走进屋子，却看见其中堆叠着许多人骨，这就是当时被火山活埋的遇难者。他们看到，母亲怎样紧抱着他们的子女；受难的人怎样蜷缩在被雨点般石子所阻拦而永远打不开的门边；男人怎样挣扎着去破坏墙壁，希望逃跑。在街道上，还有在逃避时被骤雨般石子砸死的人。

啊，那真是一幅惨痛的图画，我想有些人至今还会对无辜的牺牲者致以无限的哀悼呢。试想他们正在过着和平、幸福的家庭生活，而灾难却无端降临，是么多不幸啊！

如果你有机会去美丽的意大利，千万别忘记去一访这两座曾经湮没的古城：赫库兰尼姆和庞贝。

公元79年8月24日。海面上是蔚蓝的天，微微的风从陆地上花园里带来一种芳香的气息。赫库兰尼姆和庞贝城里的白色屋子在炎热的太阳下闪着光，城背后耸立着锥形的火山，山的四周全是翠绿的葡萄园。

人们有的快乐地在街道上溜达，有的在草屋门口忙着各种工作，孩子们却在拱门石柱间做游戏。在那一天晚上，竞技场里要举行一次盛大的表演，所以在黄昏时分，妇女们都坐在闺房里刻意打扮。

当太阳沉入海面的时候，有一大块黑烟浮在山顶。不久，街上已十分沉寂，忽听地底下发出一阵压抑的轰炸声，可是并没有人去注意它。这个火山已经休眠了几百年，人们早已忘记它像是一只埋伏着的凶险野兽，随时会跳出来害人的。因此他们还是不改常态，急忙穿起了最漂亮的衣服，准备到竞技场去。渐渐地，山顶的烟云越集越密，地下的吼声越来越响，脚下的土地发出微弱的震动了。于是许多人望着山顶，不由得想起这是一个凶险的预兆。

夜是安静地过去了，但是第二天初升的太阳已经变成了血红色，在地壳内部更有一种讨厌的噪音。在山顶上面浮着一大堆奇异的黑云。这云生长起来，好像是一棵大树，招展着像一个巨大的树冠。它在天空中渐渐扩大，甚至把太阳都遮暗了，白昼变成黑夜，大量的灰烬从空中倾盆而下。同时山中发出隐隐的隆隆声，明亮的火光在渐渐黑暗下去的天空中闪动着。而在远远的海中和海岸边，却还是浴着日光，那里的居民都提心吊胆地注视着这座不祥的山，怜悯着那些住在山脚下的居民。

在正午的时候,蛇一般的火焰突然从火山口爬出,蜿蜒穿过葡萄园,烧毁了四周所有的东西,破坏了附近的大小住宅。于是赫库兰尼姆和庞贝城中的居民,就哭声震天地在街道上奔逃,他们背着行李和日用品,匆匆忙忙地离开城市,逃往远处的平原上去了。但是火山还造成巨大的祸害!从火山内部迸出的无数炽热的石子,砸死了几百个逃难的人,因此在大路上和在田野里到处躺卧着男女和儿童。至于幸而没被打中的人就心惊胆战地只管向前奔逃,身上沾着厚厚的灰烬,耳边擦过呼啸的石子,眼前闪着明亮的火光。雷鸣般的巨响隆隆响个不停。地面上发生裂缝,喷出硫磺毒气。从火山口穿出来的殷红色的火蛇越爬越远,渐渐往平原那边爬过去。潮水般的大群难民哭叫着逃命。

隔海的人们想用船来搭救这一大批居民,但是那一阵阵飞射的石子,却把船员们都打了回来,虽然有几艘成功登陆,也被从地上升起来的毒气熏死了。

城市里的大部分居民都还躲在自己的屋子里。他们怕被雨点般的石子砸死,逃过尘土飞扬的街道,溜进了自己的屋子。他们在那里等待获救,但可怕的火山接连发狂了整整三天三夜。飘落的尘土越积越厚，石子越堆越高。终于屋子被吞没了，人们被埋在灰烬中，一切声音都沉寂了。

到了第四天，天空渐渐明朗，地下的噪音已经停止，太阳又穿过了尘土弥漫的空气照射下来，胆大的人已敢于走近这个恐怖的地方。但是他们已经看不见这两个城市的痕迹了，无边的灰烬一直没到膝边。赫库兰尼姆城和庞贝城已在地面消失，沉入灰烬的海洋。但是远处的火山依然惨淡地矗立在污浊的空气里。

人们只能懊丧地回去，谁也想不到几天前的两个富庶的城市，现在已经变成茫茫的一大片灰烬了。

图书在版编目（CIP）数据

乌拉波拉故事集/（德）柏吉尔著；顾均正译.—2版.—北京：中国青年出版社，2018.4（2023.3重印）
ISBN 978-7-5153-5094-3

Ⅰ.①乌… Ⅱ.①柏…②顾… Ⅲ.①童话—作品集—德国—现代 Ⅳ.① I516.88

中国版本图书馆 CIP 数据核字（2018）第 091533 号

责任编辑：彭岩
出版发行：中国青年出版社
社　　址：北京市东城区东四十二条 21 号
网　　址：www.cyp.com.cn
编辑中心：010 - 57350407
营销中心：010 - 57350370
经　　销：新华书店
印　　刷：北京科信印刷有限公司
规　　格：660×970mm　1/16
印　　张：17.25
字　　数：150 千字
版　　次：2013 年 1 月北京第 1 版　2018 年 6 月北京第 2 版
印　　次：2023 年 3 月北京第 10 次印刷
定　　价：35.00 元

如有印装质量问题，请凭购书发票与质检部联系调换
联系电话：010 - 57350337